Gregor Sander
Winterfisch

Gregor Sander

Winterfisch

Erzählungen

WALLSTEIN VERLAG

Für Anette

Das Fischland ist das schönste Land in der Welt. Das sage ich, die ich aufgewachsen bin an einer nördlichen Küste der Ostsee, wo anders. Wer ganz oben auf dem Fischland gestanden hat, kennt die Farbe des Boddens und die Farbe des Meeres, beide jeden Tag sich nicht gleich und untereinander nicht. Der Wind springt das Hohe Ufer an und streift beständig über das Land. Der Wind bringt den Geruch des Meeres überallhin. Da habe ich die Sonne vor mir untergehen sehen, oft, und erinnere mich an drei Male, zwar unbeholfen an das letzte. Jetzt sackt das schmutzige Gold gleich ab in den Hudson.

Uwe Johnson, Jahrestage

Inhalt

Winterfisch

Es ist Morgen, halb fünf und schon heller als ein Zwielicht, mehr als eine Dämmerung, und doch noch nicht Tag. Ich habe gut geschlafen auf der Rückbank meines Autos und es erscheint mir unglaublich, dass ich hier stehe. In der Kanalstraße in Kiel-Holtenau. Der Wecker meines Handys hat geklingelt, ich habe mir im Halbschlaf die Schuhe angezogen und bin raus in diesen Morgen. Völlig allein, kein Mensch zu sehen. Die Häuser stehen noch dunkel. Vor mir liegen ein paar Segeljachten an einem Steg, und weiter hinten, wenn man über den Kanal hinwegsieht, glitzert die Förde und in Kiel brennen noch die Laternen der Nacht. Die Blätter der Ahornbäume über mir dämpfen das frühe Licht noch einmal, aber ich bin mir sicher, dass es ein schöner Tag wird. Ein Sommertag mit großer Hitze. Ein Tag wie gestern, als ein Flimmern über den Feldern lag, die Halme honiggelb waren vor Trockenheit und ich die Autobahn verließ und lieber die Landstraße nahm bis nach Kiel. Ich fuhr am Zentrum der Stadt vorbei und dann über die Brücke auf die andere Seite über den Nord-Ostsee-Kanal, der tief unten liegt, und es hatte etwas von Amerika, hier rüber zu fahren, etwas vom Hudson River, nur dass der Fluss dort unten eben gegraben wurde.

Ein Auto fährt langsam die Kanalstraße entlang. Ein weinroter BMW-Kombi. Der Mann, der aussteigt, trägt eine blaue Latzhose. Er kommt auf mich zu und ich denke, dass ein Fischer doch keinen BMW fährt.

»Sind Sie der Sohn von meinem Macker?«

»Ihrem Macker?«

»Na, Walter eben.«

Ich gebe ihm die Hand und sage: »Bin ich. Das heißt, nicht sein Sohn.«

»Was denn dann?«, fragt der Fischer und lacht. Er wirkt schon sehr wach, das Gesicht ist eben und die Haare stehen wie eine graue Bürste vom Kopf ab. Seine Züge sind fein, und er sieht nicht aus wie jemand, der zur See fährt. Als würde er wissen, was ich denke, und als wollte er das Gegenteil beweisen, kramt er eine Pfeife aus der Tasche und eine kleine grüne Plastiktüte mit Tabak. Er stopft die Pfeife, zündet sie an und sieht immer noch nicht aus, wie ich mir einen vorgestellt habe, der die Tage allein auf dem Meer verbringt. Wir stehen beide unbeholfen da und ich deute zum Kanal, wo direkt vor der Schleuse ein Fischkutter vertäut ist. »Ihr Schiff?«, frage ich und das sieht genau aus wie ein Fischkutter. Weiß, mit einer stählernen Reling, einem Führerhaus, und das Steuerrad ist aus Holz. Auf so was war ich vorbereitet.

»Ja, meins, aber das nehmen wir heute nicht. Damit fahr ich aufs Meer. Wenn Heringszeit ist oder mal auf Dorsch. Heut nehmen wir den Lütten. Der liegt im Hafen.« Er zeigt mit dem Kopf auf die Schleuseninsel mitten im Kanal und ich nicke und frage mich, wo wir dann fischen werden.

»Vielleicht hat Walter verpennt. Das passiert ihm hin und wieder. Öfters in letzter Zeit sogar«, sagt der Fischer und dass er Josef Neuer heißt. Ich hätte gern einen Kaffee. Für einen kurzen Moment möchte ich in meinem Leben sitzen, in meiner Küche, und nicht neben Josef Neuer stehen.

Walter wollte gestern noch, dass ich bei ihm übernachte. »Hab oft genug auf dich aufgepasst, damals.« Aber mir war das zuviel nach diesem gemeinsamen Abend fast zwanzig Jahre später, und so habe ich etwas von einem Hotel behauptet und war froh, gehen zu können. »Verschlaf nicht, mein Jung«, rief er mir hinterher, an die Tür gelehnt, angetrunken und achtzig Jahre alt. Ein merkwürdiges Bild für mich, der ich eigentlich gar keines mehr von ihm hatte.

»Komm, wir gehen. Walter war ja schon oft mit mir draußen«, sagt Josef Neuer und klopft die Pfeife am Hacken seines Gummistiefels aus. Wir fahren mit seinem Auto durch das Tor auf der Schleuseninsel. Er zeigt einen Ausweis hoch und sagt, ohne mich anzusehen: »Wegen 11. September«, so als würde das alles erklären und auch Fischer in Kiel-Holtenau müssten sich beim CIA anmelden, wenn sie einen Hafen betreten. Wir gehen auf die schmale Eisenbrücke über der Schleuse, und das Wasser des von Metallwänden begrenzten Beckens ist voller Quallen. Wie das Sago in der kalten Kirschensuppe, die meine Mutter an Sommertagen kochte, drängen sie dicht an dicht. »Der Wind kommt von Osten«, sagt Josef Neuer. »Das drückt die Viecher dann in die Schleuse und in den Kanal. Da fängt man kaum Fische bei dem Wetter. Das hühnert schon seit Tagen so rum. Alles voll mit Algen und Quallen.« Auf einer Wiese steht ein kleiner roter Bauwagen aus Holz und durch das Fenster an seiner Rückseite sieht man Netze und Bojen bis unter die Decke gestapelt. Neuer öffnet das Vorhängeschloss und reicht mir eine orange Ölhose und Gummistiefel. »Müsste passen. Die sind von meiner Frau und groß war die nicht.«

War hat er gesagt, und was macht seine Frau denn an Bord? Das bringt doch Unglück?, denke ich und dann gehen wir zu einem kleinen flachen Boot mit Außenbordmotor und fahren los, weg von der Schleuse, hinein in den Kanal. An Lagerhallen vorbei, großen Betonsilos und einer Werft. Vor uns spannt sich hoch die Autobahnbrücke. Vier Frachter hintereinander kommen uns auf der anderen Kanalseite entgegen, langsam wie riesige Tiere. Fast lautlos sind sie, nur unser kleiner Motor ist zu hören. Der Himmel ist taubenblau und die Silhouetten der Bäume am Ufer heben sich ab gegen den gelblich roten Streifen Licht am Horizont.

»Du bist ja noch da«, hatte Walter gesagt, als er mich vor ein paar Tagen in Hamburg anrief, in der Kanzlei. Es war früher Abend und für mich nichts Besonderes, noch am Schreibtisch zu sitzen und zu arbeiten. Die Sekretärin war gegangen und hatte wie immer das Telefon direkt auf mich durchgestellt. Der Fall vor mir war einfach und die Aktenlage klar, als das Telefon klingelte und Walter diesen Satz sagte ohne jede Begrüßung.

Ich kann mich nicht mehr erinnern, ob ich jemanden erwartet hatte, ob ich mich wunderte, dass das Telefon klingelte, oder selbstverständlich danach griff, ohne nachzudenken. Normalerweise rief nur Sarah um diese Zeit an und wir redeten kurz. Und wenn es bei mir später wurde, dann gab sie mir noch die Kinder, damit ich ihnen Gute Nacht sagen konnte. Aber Sarah rief nicht mehr an, seit Wochen schon nicht mehr.

Ich erkannte ihn nicht an der Stimme. Vielleicht ist das auch nicht möglich nach so einer langen Zeit. Walter redete mit mir, als müsste ich wissen, wer er sei, und hätte eigentlich auf seinen Anruf gewartet. »Das ist lange her«, hörte ich mich irgendwann sagen, und ich sah ihn vor mir in Güstrow. Wie er seinen gerade erst in Hamburg gekauften hellblauen Ford Escort belud mit Kisten und ich danebenstand und ihm zusah. »Warum gehst du jetzt?«, hatte ich ihn damals gefragt und er hatte geantwortet: »Das verstehst du vermutlich nicht.«

»Es ist doch vorbei«, sagte ich. »Du kannst fahren, wohin du willst und sooft du willst.« Vor seiner Garage lag der Garten farblos und ohne jedes Blatt. Das Jahr ging zu Ende, und ich glaube, mich verwirrte besonders, dass er so kurz vor Weihnachten ging, und so, als hätte er keine Zeit mehr.

Walter war sechzig damals. Ein alter Mann für

mich, der selber dreizehn war. Wir hatten uns gerade erst kennengelernt, ein halbes Jahr vorher in Güstrow. Meine Mutter war mit mir dorthin gezogen, direkt nach der Zeugnisausgabe, so wie sie es jedes Mal gemacht hatte. Wir hatten drei Jahre lang in Leipzig gewohnt, und nun wollte sie es mit Mecklenburg versuchen. »Da ist es schön ruhig. Wir haben den Inselsee vor der Tür. Das Krankenhaus hat mir eine Anderthalb-Raum-Wohnung besorgt. Und du kannst dir gleich im Sommer neue Freunde suchen.« Sie versuchte mich aufzumuntern, aber das brauchte sie gar nicht. Ich war froh, aus Leipzig wegzukommen. Ich hatte keine Freunde, jedenfalls niemanden, den ich wirklich vermissen würde, und das einzige, was ich ihr übelnahm, war, dass sie bei ihren hastigen Ortswechseln nie wieder nach Berlin zog. Dorthin, wo sie mich geboren hatte.

Sie bekam immer leicht eine neue Arbeit als Krankenschwester und ich weiß nicht genau, wovor sie floh. Ob es eine Rastlosigkeit war, eine Langeweile, ihre Art, mit dem Eingesperrtsein in der DDR umzugehen, oder ob es doch nur eine Flucht vor den gescheiterten Liebesbeziehungen in Leipzig und davor in Jena war. Sie war erst 32 als wir nach Güstrow zogen, sie hatte mich mit 19 Jahren geboren und keine ihrer Liebschaften ging so weit, dass sie noch ein zweites Kind bekam. Wir blieben allein auf eine Art. Keiner der Männer zog zu uns, sie hielt mich da raus, um den Preis, dass ich relativ früh allein zu Hause bleiben musste, weil sie Nachtdienst hatte oder eben bei ihrem derzeitigen Freund war. Wenn ich aufwachte am frühen Morgen, saß sie dann aber immer in der Küche mit einer Tasse Kaffee und einer Zigarette. Sie trug noch ihren Schwesternkittel mit dem angesteckten Namensschild über der Brust, und sie sah müde aus und irgendwie zufrieden. Wenn ich in die Schule ging, machte sie mein Frühstück, und im Sommer, in den Ferien, in denen wir in Güstrow ankamen, schliefen wir beide dann bis zum Mittag.

Wir gingen zusammen ins Schwimmbad am Inselsee und ich sprang Köpper vom Dreimeterbrett, das hatte ich mich in Leipzig noch nicht getraut. Ich wippte leicht auf dem Brett, sah hinunter und hatte nur Angst davor, dass ich überschlagen und mit dem Rücken auf die Wasseroberfläche knallen würde. Die Stadt war klein und wirkte wie ein Dorf gegen Leipzig, da nützte auch das Schloss nichts. Unsere Wohnung lag in einem Plattenbau, der nur vier Etagen hatte, und ich bekam tatsächlich ein eigenes Zimmer, einen schmalen Schlauch mit Blick auf die Straße und mit einer Laterne vor dem Fenster.

Walter wohnte nebenan in einer heruntergekommenen Villa. Er bewohnte das Erdgeschoss, und bei ihm im Garten gab es alte Obstbäume, Büsche und eine große Wiese. Hinter unserem Haus hatten die Bewohner kleine Parzellen, in denen sie Gemüse zogen und die jeweils eine Rasenfläche hatten, die für einen Tisch mit ein paar Stühlen reichte.

Walter arbeitete in der Bettenaufbereitung des Krankenhauses. Das heißt, sie brachten ihm die benutzten Betten in den Keller, die Betten, in denen ein Kranker tagelang gelegen hatte oder sogar gestorben war, und er desinfizierte sie, bezog sie neu und stellte sie vor sein Kabuff wie Autos auf einen Parkplatz. Sein Ausreiseantrag lief seit fünf Jahren und sie hatten ihn hier in den Keller verbannt. Jahrelang war er Leiter der Sterilisationsabteilung gewesen, dann hatten sie ihm das Amt genommen und ihn an den entferntesten Ort gesetzt, den es in seiner Abteilung gab. Er hätte ausweichen, sich entziehen und irgendwo eine andere Arbeit suchen können. Aber das wollte er nicht. Dieses Aushalten im Keller gehörte für ihn wohl dazu. Meine Mutter kam mit ihm ins Gespräch, nachdem eine andere Schwester dort in dem fensterlosen neonhellen Schlauch zu ihm gesagt hatte: »Du bist ja immer noch hier.« Und er hatte zurückgebrüllt: »An mir liegt es nicht.«

Der Fischer drosselt den Motor und macht ihn dann ganz aus. Mit einem langen metallenen Haken sucht er den Grund ab. Wir sind dicht am Ufer, das nur aus etwas aufgeschüttetem Sand besteht und ein paar kargen Büschen.

»Fahren Sie denn sonst mit Ihrer Frau hier raus?«, frage ich in die Morgenstille, die nach dem Ausschalten des Motors plötzlich entstanden ist. Sie lebt nicht mehr, da bin ich sicher. Ich will, dass er das erzählt, und kann nicht sagen, warum. Er hat »Die war nicht groß« gesagt. War.

Josef Neuer hat das Netz gefunden und beginnt,

es raufzuziehen. »Wir sind immer zusammen gefahren. Zwanzig Jahre lang. Als unser Lütter aus dem Haus war, ist sie mitgekommen. ›Was soll ich zu Hause?‹, hat sie gesagt. Mir war das gar nicht recht, erst. Und dann hatte die auch Ahnung. Setz mal die Netze hier, und am nächsten Tag waren die voll. Mensch du, hab ich gedacht«, sagt er und beendet den Satz nicht und zieht auch das Netz nicht weiter ein. »Und letztes Jahr ist sie einmal nicht mitgekommen, weil ihr nicht gut war, und wie ich nach Hause komm, sitzt sie da. Ganz kalt.«

Ich sehe ihn an und bereue meine Frage nicht. Eine Autofähre zieht an uns vorbei mit einem knallroten Rumpf und »Danube Highway« steht darauf. Neuer sieht ihr nach und holt dann das Netz weiter ein. Er trägt blaue Gummihandschuhe, und die zerrissenen Körper der Quallen in den Maschen glitzern in der Sonne wie Eisbrocken. Endlich ein Fisch, einer mit dunkelgrünen Streifen auf dem Rücken. Er zappelt nicht, sondern scheint sich eher zu strecken. Neuer dreht ihn langsam heraus und sagt: »Erster Fang'n Barsch, Fang in' Arsch.« Und dann lachen wir beide.

»Was sind Sie denn nun, wenn Sie nicht Walters Sohn sind? Mein Jung kommt, hat er zu mir gesagt, und dass du oder Sie früher ganz heiß waren aufs Angeln.«

»Wir waren Nachbarn in Güstrow, vielleicht auch mehr. Freunde, meine ich.«

»Vielleicht Freunde?« Neuer legt das leere Netz zusammen wie ein Wäschestück und wirft es vor sich auf den Boden. Er stopft noch einmal seine Pfeife und sieht mich an.

»Walter hat nicht viel erzählt über Güstrow und drüben. Aber wenn er mal was geredet hat, dann über euch. Nie über Stasi und so 'n Kram. Immer über deine Mutter und was das für ein Glück für ihn war. So eine schöne junge Frau am Ende des Lebens, und dass er wie ein Vater sein konnte für ihren Jungen. Prachtkerl hat er Sie genannt. Nur dass Ihre Mutter nicht mit in den Westen wollte, selbst als die Mauer fiel. Dass sie zu feige war.«

»Er war zu feige zu bleiben«, sage ich und dann ist es mir unangenehm, so wie damals, als ich das nur dachte, während Walter seine Sachen in das Auto packte und wenig später für immer verschwand. Ich wollte nicht, dass er geht, aber wie hätte ich das sagen sollen?

»Wie haben Sie das vorhin gemeint: mein Macker?«, frage ich Neuer schnell.

»Das sagt man doch so. Walter hilft mir ab und zu. Wenn ich den Fisch verkauf in Holtenau. Oder er besorgt mir mal Köder oder so.«

»Mein bester Freund ist hier Fischer«, hatte Walter hingegen gesagt, als er mich in Hamburg in der Kanzlei anrief, und dass ich kommen sollte und mit ihnen rausfahren und fischen. Ich sagte zu. Ich war gierig auf alles, was mich aus dem Trott brachte, aus diesem Büroalltag und meinem Leben zu Hause. Seit Sarah ausgezogen war, konnte ich dort nicht gut sein. Ein halbes Jahr vorher hätte ich ihn abgewimmelt.

An dem Tag, an dem Sarah mich verließ, ging ich aus dem Büro nach Hause. Wie immer. Nur später. Wir hatten das so besprochen, so wie wir vieles besprochen hatten im letzten halben Jahr. Den anderen ausreden lassen, nachfragen, von sich erzählen. Die Familientherapeutin, zu der wir auf Sarahs Wunsch gingen, fragte sie irgendwann: »Lieben Sie Ihren Mann? Sie müssen wollen, sonst können wir uns das hier sparen.« Darauf wusste sie tatsächlich keine Antwort und ein paar Wochen später ist sie ausgezogen. Die Kinder wohnten im Wechsel bei ihr und bei mir, und wenn sie bei mir waren, kam ich mir selber fremd vor. So als wäre ich gar nicht ihr Vater, sondern eher ein Onkel. Wenigstens hatten sie noch ihr Kinderzimmer, das sah aus wie immer.

Das Schlimmste in der Wohnung an diesem Auszugstag waren die Ränder auf dem Teppichboden. Ein Kreis für einen Teller, auf dem ein Blumentopf gestanden hatte, ein Rechteck für die Biedermeierkommode, die kleinen Eindrücke der Stühle des Esstisches, die aussahen wie die Abdrücke von Hundepfoten. Ich musste immer wieder hinsehen. Es schien, als wäre meine Familie einkaufen oder beim Sport, was weiß ich wo. Nur die Abdrücke waren neu.

Walter wollte gestern nur über meine Mutter reden. Das wurde mir schnell klar, als ich in seiner Mansardenwohnung in Kiel-Holtenau saß. Der Weg hatte mich von der Kanalbrücke Richtung Wasser geführt. Die Straße schlängelte sich abwärts durch ein Viertel mit Backsteinhäusern. Einige hatten zwei Giebel und sahen so aus wie zwei Häuser, die miteinander verbunden waren. Ich fuhr bis ganz hinunter, bis ich am Kanal stand, und parkte vor der Schleuseninsel. Dort, wo die Kieler Förde in den Nord-Ostsee-Kanal mündet, stand ein kleines Café, ein einzelnes Haus, ebenfalls aus Backstein und vollgemölt mit Schiffsutensilien. Es war später Nachmittag und drinnen tanzte ein junges Paar Tango in einem Raum, an dessen Rändern Stühle standen wie bei einer Schuldisko. Sie waren ganz allein und der Mann trug einen sandfarbenen Anzug und die Frau ein knielanges dunkles Kleid. Die meisten Gäste aber saßen draußen in der tiefstehenden Sonne und tranken Bier und Wein. Sie sahen nicht aus wie Touristen, aber auch nicht wie Leute, die hierher gehörten. Vielleicht waren sie einfach aus Kiel und über die Förde gekommen, nur um ein Feierabendbier zu trinken. Ich setzte mich dazu und wollte bald nicht wieder gehen. Ein russisches Schiff legte direkt vor uns an. Die übereinandergestapelten Container sahen aus wie zu groß geratenes Spielzeug. Ein Matrose sprang von Bord, um das Schiff zu vertäuen. Es wurde von einem kleinen Boot aus betankt und war nach wenigen Minuten schon wieder verschwunden.

Ich kam mir vor wie in Holland oder in England oder in Dänemark. Ich wusste es nicht genau, aber es war so, als ob sich meine Realität leicht verschoben hätte, als wäre ich neben der Spur. Mir gefiel das, das war alles, was ich von diesem Tag gewollt und eigentlich gar nicht erhofft hatte.

Ich machte mich dann aber auf den Weg und suchte nach Walters Adresse. Er freute sich sehr, als er mir die Tür öffnete. Seine blassblauen Augen lagen unter buschigen grauen Brauen, es standen Tränen darin, und seine Stimme zitterte leicht, als er mich umarmte und sagte: »Wie schön, dass du da bist.«

Wenig später in seiner Küche zog er dann einen Tintenfisch aus dem Topf. Ich hatte mich gerade erst gesetzt und er hob das Riesenvieh mit einer Gabel heraus und legte es wie eine Trophäe auf ein Brett. Ich sah die kleinen roten Saugnäpfe an den Armen des Kraken und den massigen hautweißen Körper. »Man muss ihn mit drei Rotweinkorken kochen, wegen der Gerbsäure«, sagte Walter, als würde er mir ein Familienrezept verraten.

Er zerschnitt den Tintenfisch und übergoss die kleinen Stücke mit einem Gemisch aus Olivenöl, Knoblauch und Petersilie. Es schmeckte phantastisch, fast nicht wie Fisch, und die Konsistenz war ungleich weicher als der Krake ausgesehen hatte.

»Das ist das Beste, was ich in letzter Zeit an Fisch gegessen habe«, sagte Walter, und ich fragte: »Und den fangt ihr in der Ostsee?«, nur um überhaupt etwas zu sagen. »Aber nein«, sagte Walter und ging darüber hinweg und redete dann ununterbrochen von meiner Mutter. Er hat sie geliebt damals und ich wusste das, konnte es mit meinen dreizehn Jahren sehen, auch weil Walter gar keinen Hehl daraus machte. Er kam für meine Mutter nicht in Frage und auch das war mir klar. Ich kannte den Typ Mann, den sie bevorzugte, zur Genüge, und der sah nicht aus wie Walter. Sie mochte ihn, aber sie hielt ihn auf Abstand. Doch er ließ sich nicht stören, brachte ihr Blumen und stand am Abend mit einer Flasche Wein vor der Tür. Wir waren nie bei ihm in der Villa, und ich glaube, Walter brachte sich auch bei uns in Sicherheit. Er floh nicht nur vor seiner Einsamkeit. Im ersten Stock der Villa wohnte sein Nachfolger, der neue Chef der Sterilisationsabteilung des Krankenhauses, und der ließ keine Möglichkeit aus, Walter zu schikanieren. Mal war das Schloss der Haustür ausgetauscht, mal spielte er Militärmärsche nachts um zwei und hin und wieder brannte sogar das Licht in Walters Wohnung, auch wenn er wusste, dass er es beim Gehen gelöscht hatte.

»Und deine Mutter? Was macht sie denn nun?«, fragte Walter und räumte die Reste des Tintenfisches vom Tisch. Es war immer noch sehr warm und er trug ein weißes kurzärmliges Hemd über einer etwas ausgebeulten schwarzen Stoffhose. Er hatte es weit aufgeknöpft und man konnte seine weiche alte Haut sehen mit den vielen Leberflecken.

Ich drehte mein Weinglas in der Hand und sah auf den Rand, der das Licht der Kerze brach. »Es geht ihr gut. Sie lebt in München. Hat einen privaten Pflegedienst aufgemacht und verdient gutes Geld. Sie hat noch einmal geheiratet, einen Österreicher, der auch mit ihr zusammenarbeitet. Und sie hat noch ein Kind bekommen mit 38 Jahren. ›So war ich im Osten eine normale Mutter und im Westen bin ich es jetzt auch‹, meint sie immer.« Ich sah ihn an und wusste, das wollte er nicht hören, aber ich wollte keine Rücksicht nehmen auf Walter.

Wir redeten weiter über die alten Zeiten. Wie er mir das Angeln beigebracht hatte, das Blinkern auf Barsche und Hechte, und wie ich in die Hocke ging und ganz nah ran, als er mir das erste Mal den Kehlenschnitt zeigte, bei einer silbernen Plötze, deren fein geschuppter Leib aussah, als trüge sie ein Kettenhemd.

Ich erinnere mich besonders gut an einen Tag in diesem Sommer. Lange bevor sie in Leipzig auf die Straße gingen und auch Wochen bevor die Ungarn die Grenzen öffneten. Es war sehr warm, es war Wochenende. An den Zaun unseres Plattenbaus hinter den kleinen Gärten grenzte ein Park und auf einer Wiese spielten Männer Fußball. Dicke, unförmige Männer in weiten knielangen Hosen. Vor dem Zaun saß ich auf dem Dach des Kaninchenstalls, der einem Mieter des Hauses gehörte. Ich hatte eines der Kaninchen im Arm, ein grau-weißes, für das ich eine Art Patenschaft übernommen hatte, vom Tag unserer Ankunft bis zu seiner Schlachtung kurz vor Weihnachten. Die Dachpappe unter mir war warm und ich saß im Schneidersitz und meine Mutter und Walter standen hinter mir und wir johlten und schrien und feuerten die Männer an. Dann sah ich, wie der Mann, der in Walters Haus über ihm wohnte und der diese unglaublichen Dinge tat, durch den Garten ging. Er trug eine Turnhose und ein weißes Unterhemd und hatte eine Gartenschere in der Hand. Ich hatte ihn noch nie so nah gesehen und als sich unsere Blicke trafen, stockte er kurz in der Bewegung. Meine Mutter legte in diesem Moment den Arm um Walter und sah ebenfalls hinüber, und das war die einzige zärtliche Berührung, die es zwischen ihnen gegeben hatte in diesem halben Jahr.

Josef Neuer startet den Außenbordmotor mit einem Knopfdruck. »Jetzt machen wir uns hier mal vom Acker«, sagt er. In der letzten von zwanzig Reusen waren auch nur ein paar Taschenkrebse und Wollhandkrabben und keine Aale, so wie vorher kaum Schollen und Barsche in den Netzen gewesen sind. »Die Japaner und Spanier fangen die schon als Glasaale und wenn du die Lütten wegnimmst, wie sollen denn hier Alte bei mir in der Reuse sein?« Ich sitze vorne und er im Heck und in der Bank zwischen uns schwimmt der Fang. Man kann den Deckel anheben und Neuer hat die Fische da reingeworfen. Er trägt jetzt nur noch die beiden Hosen übereinander und die orangen Träger seines Ölzeugs heben sich hell ab von seinen tiefbraunen Schultern.

Neuer hat sich jetzt endgültig entschieden, mich zu duzen, und streift das »Sie« ab wie eine zu enge Krawatte. »Ich freu mich schon auf den Winter. Dann ist das vorbei mit den Quallen und den Algen. Bei dem Wetter fängst du nichts«, sagt er mit kräftiger Stimme gegen den Motor. »Weißt du, dann ist das zwar wieder kalt, aber das macht nix. Denn fängst du wieder was und die Fische werden dir nicht weiß, nur von einer Nacht im Netz, und das Fleisch ist ganz weich. Und dann gibt es Dorsch. Dorsch ist Winterfisch, der beste überhaupt.«

Wir fahren nach Kiel und auf dem Kanal ist jetzt reger Betrieb. Ein Dutzend Segelboote kommt uns entgegen. Gesammelt in der Schleuse von Holtenau, und nun fahren sie für eine Weile hintereinander her, aufgefädelt wie auf einer Perlenkette, Richtung Nordsee.

Seine Steuerunterlagen stapelten sich auf dem Küchentisch, hat Neuer vorhin gesagt. Das habe immer die Frau gemacht. Und er müsse nun bei diesem Wetter allein eine Stunde ihre Pflanzen im Garten gießen. Zum Teil wisse er nicht einmal, was er da gieße. Er würde sich wünschen, dass das mal stehen bleibt für einen Tag. Und die eine Katze sei abgehauen, nachdem seine Frau gestorben war, und die andere, der Kater, der graue, der ihn nie leiden konnte, mit dem lebe er jetzt in dem leeren Haus und sie gewöhnten sich langsam aneinander. Er hat nicht einmal gesagt, dass er sie geliebt hat, und nicht einmal, dass sie ihm fehlt, aber mir ist, als würde er über nichts anderes reden heute morgen.

Und jetzt sind wir auf dem großen Fischkutter an

der Kanalstraße und Neuer verkauft seinen Fisch. Ich sitze an die Reling gelehnt und rauche eine Zigarette. Walter hat sie mir wortlos gegeben, und ebenso wortlos ist er über sein Nichterscheinen am frühen Morgen hinweggegangen. »Na Walting, häst utschloapen«, hatte Neuer gesagt.

Die Leute kommen tröpfchenweise. Sie wissen, wann der Fischer hier ist und verkauft. Bleiben ein wenig und reden mit den Männern über das Wetter und den Fisch, der ausbleibt zurzeit. Neuer trägt einen Wollhandschuh an der Hand, mit der er die Fische festhält, und in der anderen hat er ein Messer und nimmt die Tiere aus. Die Innereien fliegen über die Reling, wo sich Möwen kreischend darum streiten. Er packt den Fisch in die Tüte, reicht ihn Walter weiter und nennt einen Preis. Walter kassiert das Geld und legt es in die kleine Metallkasse.

»Meine Frau hat mir beigebracht, freundlich zu den Kunden zu sein«, hat Neuer vorhin gesagt, und ich kann nicht sagen, dass er unfreundlich ist. Aber er ist offensichtlich froh, dass Walter zwischen ihm und den Kunden steht. Eine Frau kauft ein paar Schollen und sie will noch mit den Männern reden. Sie hat sich zurechtgemacht für den Einkauf, das sieht man. Die kastanienroten Haare sind frisch gewaschen, sie ist dezent geschminkt und trägt einen Jeansrock und ein weißes T-Shirt. Fünfzig vielleicht, Lehrerin vielleicht oder irgendeine andere Beamtin. Sie erhält den Fisch und bleibt stehen. Hinter ihr ist niemand mehr in der Reihe und Neuer filetiert die

Barsche, die wir gefangen haben. Zieht ihnen die Haut ab und legt die rosaweiß glänzenden Stücke zu einem Haufen.

»Haben Sie was von dem Mord gehört?«, fragt die Frau. Auch ich habe davon in der Zeitung gelesen, gestern in dem kleinen Café. Ein Mann hat seine Frau erschlagen, hier in Kiel-Holtenau, und die Polizei war sich nicht klar über die Motive. Der Mann ließ sich abführen und die Nachbarn sagten, was Nachbarn so häufig sagen: »Das waren freundliche, unauffällige Leute.«

Die Frau lässt nicht locker. »Herr Neuer, Sie kennen doch hier alle? Haben Sie nichts gehört? Warum hat er sie erschlagen? Kannten Sie den denn?«

»Was heißt schon kennen«, sagt Neuer.

»Sie reden doch hier mit Hinz und Kunz.« Sie kreuzt die Schienbeine und die Fischtüte baumelt daneben.

»Und Sie?« Die Frau sieht Walter an und der schüttelt den Kopf und sieht nicht zurück.

»Kommen Sie, Herr Neuer, Herr Walter, Sie wissen doch mehr, als Sie mir sagen.« Sie spielt mit der Hand an dem Kettenanhänger vor ihrem Hals.

Walter sagt ohne hochzugucken: »Vielleicht hat sie zu viel gefragt«, und die Frau lässt den Anhänger los, ihr Lächeln gefriert und sie geht grußlos den kleinen Steg bis zur Straße und dann ihrer Wege.

Neuer filetiert weiter seine Barsche und sieht nach einer Weile rüber zu Walter, der am Führerhäuschen lehnt. »Wat denn?«, sagt der und Neuer nur »Mann,

Mann«, und dann lachen sie beide, eher ein Jungens-
lachen als ein Männerlachen. Ich schmeiße meine
Kippe in den Kanal und mir kommen die Tränen
ganz einfach und zum ersten Mal, seit Sarah mich
verlassen hat.

Gegenlicht

Die Wahrheit ist, dass ich Angst vor meinem Bruder Viktor habe. Immer schon und unabhängig von dem, was geschehen wird. Ich meine keine Angst vor Gewalt, aber doch eine körperliche Angst, die daher rührt, dass er mir näher ist, als mir lieb ist.

Die Fähre hebt sich wie ein Tier, mit einer kurzen aufstrebenden Bewegung. Ich erwarte immer wieder ein Sich-in-den-Sturm-Legen, ein langsames Fallen, das es im Magen ziehen lässt. Ein Schwindeln und Drehen, eine Unsicherheit. Nichts von dem passiert, nur ein Geräusch, als würden wir für kurze Zeit über Beton fahren, ein Krachen ohne Erschütterung.

»Wenn du nicht mit mir sein willst, wie willst du dann sein?«, hatte Viktor gesagt, und das war das Letzte, was ich von ihm gehört habe. Tatsächlich. Kein weiteres Wort. Ein Jahr Stille. Und ich habe Luft geholt, als er die Tür schloss und ich allein blieb in meiner Küche. Im November im vergangenen Jahr, der Stamm des Baumes vor dem Fenster bog sich wie eine erstarrte Riesenschlange, begrenzt von den eng stehenden Wänden der Nachbarhäuser, und Viktor hatte die Tür nicht geworfen, er zog sie zu mit einem Klick.

Im großen Restaurant der Fähre sitzen nur wenige Passagiere. Ich habe mich in einen der gelben Klubsessel gesetzt, mit einem seitlichen Blick aus dem

runden Fenster. In dessen Mitte hängt eine matt-
goldene Adventskugel, und dahinter ist die Ostsee,
aber ich sehe sie kaum. Den Blick nach vorne durch
die Panoramascheiben der Fähre, vor denen einige
der wenigen Touristen sitzen, habe ich nicht ausgehalten. Zwischen ihnen und mir gibt es einen großen
Fernseher, einen flachen Schirm in der Ecke, auf dem
Skispringen gezeigt wird. Ein paar Männer sitzen re-
gungslos im Halbrund davor und trinken Bier, schon
seit Stunden.

Das erste Bild, das ich von meinem Bruder habe,
ist ein lachendes, rotgelbes Etwas. Ein Knäuel aus
großem Kopf und noch mehr Stirn. Darunter ein
kleiner Körper, eine große Nabelschnur und eine
Hand mit Fingern, die nach mir greifen, so zart wie
Blätter. Jemand hat mir mal gesagt, dass das etwa in
der achten bis zehnten Woche der Schwangerschaft
unserer Mutter gewesen sein muss. Woran erinnere
ich mich da eigentlich, wenn ich dieses Bild vor mir
sehe, und ist das Lachen zu hören im Fruchtwasser?
Ich greife zu, jedenfalls. Immer wieder, wenn mir
dieses Bild erscheint, greife ich zu und lache auch.

Es war nie eine Frage, ob es mir auf die Nerven
ging, wenn unsere Mutter uns gleich anzog, kein
Problem, den Geburtstag mit jemandem zu teilen
und nie allein zu sein. Das Problem war, allein zu
sein. Als Viktor mit fünf Jahren ins Krankenhaus
kam, weil er am Blinddarm operiert werden musste,
lag ich in unserem Zimmer. Die Betten standen Kopf
an Kopf und übereck an der Wand und über mir war

Leere, eine Stille, wie ich sie nicht kannte. Nicht dass wir nie still waren oder etwa in derselben Sekunde einschliefen, nein, aber das war etwas anderes. So ging der Lichtkegel der vorbeifahrenden Autos durch das Zimmer, und ich wusste nicht, wohin mit mir.

Inzwischen geht es besser mit dem Alleinsein, auch wenn es immer noch nicht gut ist. Aber gestern im Bauch des Schiffes konnte ich schlafen in einem fensterlosen Raum. Ein rechteckiger Grundriss und mit Flugzeugsitzen bestückt, deren Sitzrichtung sinnlos auf eine Wand gerichtet war. Es gab dort nichts zu sehen. Das Nachtlicht beleuchtete den Raum schwach, und im Sommer schlafen hier vermutlich achtzig Rucksacktouristen nebeneinander. Ich saß dort ganz allein und fiel mühelos in einen Schlaf ohne jede Tiefe. Angst hatte ich keine.

Ich wollte mit dem Schiff nach Finnland, das Fliegen liegt mir nicht. »Es wird ewig dauern«, hatte meine Schwester Pia in Berlin gesagt, meine und Viktors Schwester natürlich. Sie saß auf ihrem großen blauen Sofa, mit angezogenen Beinen.

»Was hat denn die Schnalle gesagt?«, fragte Pia weiter, und ich sah Pia an, wie sie dasaß und mich ansah, als ob ich ein Tier in einem Käfig wäre. Der Sessel rechts neben mir war leer, da hatte immer Viktor gesessen, wenn wir zu meiner Schwester kamen, einmal im Monat. Und wenn die Kinder im Bett lagen und Bert, Pias Mann, in der Küche die Spülmaschine einräumte, saßen wir Geschwister hier und redeten. Pia kam nie zu uns, weder zu Viktor noch zu mir. Sie traf sich dann lieber mit uns im Café oder im Kino. »Eure Wohnungen deprimieren mich, eine wie die andere«, sagte sie nur.

Ich hielt mich ihr gegenüber an den Armlehnen des Sessels fest und versuchte zu wiederholen, was die Finnin zu mir gesagt hatte, am Tag vorher am Telefon. Es wollte mir nicht gelingen, ich konnte nur den einen Satz wiederholen: »Der schießt sich da oben den Kopf weg.« Pia fragte: »Wie denn, mit Drogen oder was?« So als würde ich das wissen.

Pia kam drei Jahre nach uns auf die Welt, und heute staune ich, dass meine Mutter überhaupt noch ein Kind wollte. Aber vielleicht waren wir ihr zu viel, Viktor und ich, und sie dachte, dass es leichter wird, wenn sie uns etwas entgegensetzt.

Unsere Schwester bekam ein eigenes Zimmer, während Viktor und ich bis zum Abitur in einem wohnten. Einmal, da war sie zwei Jahre alt und wir standen alle drei auf dem Hof unseres Mietshauses. Es war Frühling, April vielleicht, warm, aber noch nicht entschieden. Pia trug noch eine Mütze, eine weinrote Bommelmütze. Wir bekamen Kohlen an diesem Tag. Die Männer waren schwarz im Gesicht, der Staub saß in allen Poren, nur die Augäpfel leuchteten weiß. Sie setzten sich auf die Ladefläche des grünen LKW, zogen einen Sack auf den Rücken und schleppten ihn in den Keller. Eine Weile sahen wir zu und spielten dann im Hof. Mit ein paar Brocken Steinkohlekoks, die die Männer verloren hatten. Kleine zackige Gebilde waren das, wie geschrumpfte verglühte Sterne. Viktor und ich schmissen die in die Luft und sie zerbrachen auf dem Betonfußboden des Hofes. Pia lachte und klatschte und wir warfen die Dinger wie im Rausch. Bis eines aus meiner Hand in die Höhe stieg und wieder herunter kam und auf der Stirn unserer kleinen Schwester landete. Ich sehe die Szene heute noch wie ohne Ton. Das Stück Koks landete auf Pias Kopf knapp unterhalb der Mütze. Sie sieht es kommen, weicht aber nicht aus. Alles ist für einen Moment ohne Bewegung und dann läuft ihr Blut von der Stirn ins Gesicht. Es erscheint mir immer so, als ob erst meine Mutter wieder Leben in diese Szene bringt. Als ob sie durch ihr Erscheinen, ihr Schreien und das Auf-den-Arm-Nehmen von Pia uns alle wieder in Bewegung bringt und die Geräusche zurück. Mein Gott, ausgerechnet Koks. Pia war das erste Publikum, das wir hatten, Viktor und ich, und wir haben das gründlich ausgenutzt. Sie hat uns zurückgeworfen von Anfang an und sie war wie ein Anker für uns, aber was nützt ein Anker schon, wenn da kein Grund ist?

»Wir müssen uns um Viktor kümmern, Vincent«, hatte Pia am Telefon gesagt, nachdem ich ihr von dem merkwürdigen Anruf aus Finnland erzählt hatte. Also war ich zu ihr gefahren. Ich spielte mit meinen Neffen, wir bauten im Kinderzimmer futuristische Raumschiffe aus Legosteinen, dann haben wir gegessen, und als Bert mit den Tellern in der Küche klapperte, saßen wir im Wohnzimmer und Pia sagte den Satz noch einmal, und ich wusste, dass dieses »Wir« ein »Du« bedeutete und auch, dass sie Recht hatte. »Wo liegt denn eigentlich Rovadingens?«, hatte Pia gefragt.

»Rovaniemi. Das liegt am Polarkreis. Die Hauptstadt von Lappland. Aber da ist er gar nicht. Er ist noch ein paar hundert Kilometer weiter nach Norden gefahren. Und jetzt ist bald Polarnacht, da wird es kaum hell da oben. Ich weiß nicht, ob ich ihn finden möchte.«

»Mensch, Vincent, der sitzt da oben. Ohne Licht, in all dem Schnee.« Und wir mussten beide lachen. Schnee.

Helsinki kündigt sich an. Es ist noch nicht zu sehen in dem undurchdringlichen Grau vor den Fenstern. Anderthalb Tage, wie in einem Wartezimmer, sind vorüber. Aus den Boxen an der Decke quillt immer noch die Endlosschleife Popmusik. Ein paar Touristen ziehen ihre Rollkoffer durch den Raum und bleiben vor der Panoramascheibe stehen. Und auch ich stelle mich dazu. Wir fahren vorbei an unzähligen winzig kleinen Inseln, auf denen kahle Birken stehen. Manche der Inseln sind so klein, dass wirklich nur ein Baum darauf steht, und das Weiß des Stammes leuchtet in der Dämmerung. Es schneit in dicken Flocken. Die ganze Fahrt über hat es geschneit und gestürmt, schon in Rostock. Ungewöhnlich für Deutschland im November, und auch in Finnland schneit es schon seit langem nicht mehr so früh und heftig. Das hat mir gestern ein dicker großer Finne erzählt, mit dem ich im Whirlpool saß auf dem Oberdeck der Fähre. Hier gab es eine Sauna und ich ging hinaus auf das leuchtend blaue Deck daneben und der Schneesturm ergriff mich so stark, dass ich dampfend über die gefrorene Gischt schlitterte mit nichts als einem Badetuch um die Schultern. Hier draußen war der Sturm zu spüren und zu hören. Schon hinter der Tür im warmen Sprudelwasser des Whirlpools war wieder alles ruhig. Ein wahres Meisterwerk der Stabilisation. »Der Winter kommt früh in diesem Jahr«, sagte der Finne, und seine Miene bedeutete mir, dass das ein Glück sei. Neben dem runden Becken stand ein kleiner Eisbär aus Gips mit einer starren Miene, die Pfote gehoben, wie zum Schwur.

Ich könnte jetzt sagen, dass Marjaana schuld an allem ist, aber das stimmt natürlich nicht, und wem würde das etwas bringen. Marjaana ist Schauspielerin und sie hat im letzten Stück gespielt, das Viktor und ich in Hannover gemacht haben. Kammerspiele, zwei Personen. Marjaana und ein milchgesichtiger, mutlos aussehender Schauspielschüler aus Berlin, der in der Realität das Gegenteil war. Wir haben sie noch in Berlin gecastet, das heißt, Viktor machte das eigentlich. Vor unseren Produktionen konnten wir nie sagen, wer genau was macht. Das Schreiben, die Dramaturgie, die Regie, das Casting, das wechselte von Mal zu Mal. Ich war auf jeden Fall nicht dabei, als er die beiden aussuchte. Aber sie passten perfekt. Marjaana hatte ein paar Mal in Deutschland gespielt und lebte seit drei Jahren in Berlin. Ihre Haare waren pechschwarz und zu einem fransigen Pony geschnitten. Sie bewegte sich auf der Bühne wie eine Kobra, aufgerichtet und bedrohlich, aber irgendwie auch instabil.

Ich glaube nicht, dass sie damals etwas miteinander hatten, Marjaana und Viktor. Er hätte mir das erzählt, er hat mir das immer alles erzählt. Schon als wir uns das erste Mal einen runtergeholt haben mit vierzehn in unserem Zimmer. Wir saßen in unseren Betten mit dem Rücken zur Wand und Viktor hatte eine Joghurtflasche unter der Decke, so eine, in der dieser stichfeste Joghurt war mit Erdbeermarmelade unten drin. Sie war natürlich leer und Viktor onanierte dort hinein. Er machte kein Geräusch oder irgendwas, er wichste in die Flasche und hielt sie gegen das Licht. »Sieh dir das an«, sagte er damals. Und ich schrie: »Ich will mir deine Wichse nicht ansehen, Mensch.« Vielleicht schrie ich auch, weil ich meinen ersten Abgang gar nicht bemerkt hatte, erst als es warm und feucht wurde unter der Decke und dann kalt.

»Vielleicht treffen wir uns am Bahnhof. Da gibt es eine Eisbahn jetzt vor dem Gebäude und daneben ein Café«, hatte Marjaana gesagt, als ich sie noch von Berlin aus anrief und sagte, dass ich nach Finnland kommen würde, um meinen Bruder zu suchen. Ein

Bus hat mich durch die absolut verschneite Stadt vom Überseehafen zum Bahnhof gebracht. Große Bagger schaufeln den Schnee in Schuttcontainer, und selbst von den Dächern der Häuser wird er gefegt. Ich habe mich an das dauernde Grau als Licht noch nicht gewöhnt, aber ich versuche trotzdem Marjaana zu erkennen, während ich auf die Eisbahn zulaufe, und dann sehe ich sie, erkenne sie an ihren schwarzen Haaren, die nicht durch eine Mütze verdeckt sind. Nur ein hellgelbes Stirnband trägt sie. Sie nimmt immer wieder Anlauf, wie zu einem großen Sprung, und geht dann doch nur in die Knie, das eine Bein nach hinten gelegt und die Arme ausgestreckt, wie um den Applaus entgegenzunehmen.

»Er ist nicht mehr in Helsinki, und ich glaube auch, dass er nicht mehr in Rovaniemi ist«, sagt sie im Café und sieht mich über ihre Tasse an. Sie sagt das abwehrend, so als würde ich ihr vorwerfen, schuld an irgendetwas zu sein. Der Uhrenturm des Bahnhofs ragt in den Winterhimmel, gelblich beleuchtet wie in tiefer Nacht. Vor uns auf der Eisbahn laufen zwei japanische Touristinnen unsicher auf Schlittschuhen. Sie stützen sich dabei auf einen Gehwagen, der statt Rädern Kufen hat.

Wir gehen in die Markthalle, die am alten Hafenbecken mitten in der Stadt steht. Eine große Fähre liegt hier einsam vertäut, und der Himmel und die Ostsee streiten sich um das Grau. Die Laternen wanken an Seilen über der Straße, und lange Eiszapfen hängen drohend an ihren Rändern. In der Markthalle sitzen wir auf Barhockern und essen Lachs und Krabben auf kleinen runden Schwarzbrotscheiben und ich freue mich, Marjaana zu sehen, und auch sie hat ihre Abwehr aufgegeben.

Das Stück in Hannover war das Ende für uns alle. Marjaana fand keine neue Rolle mehr in Berlin und ging bald zurück nach Helsinki, weil sie hier für das Fernsehen arbeiten konnte. Viktor und ich sollten ein Stück in Kassel machen und eines in Freiburg. Mir erschien das wie ein Ausweg für uns, für unsere erdrückende Zweisamkeit, die niemand ertrug außer Pia und das Theater, und ich schlug Viktor vor, die Inszenierungen getrennt zu machen. Er lachte und sah mich an: »Seit der Ernst Busch, seit dem ersten Semester hast du nichts allein gemacht und ich auch nicht. Was soll das?« Wenn wir die Stücke schrieben, die mehr Collagen waren als Stücke, dann saß einer am Computer und schrieb, während der andere kochte oder las oder tat, was er für richtig hielt. Dann wechselten wir uns ab, manchmal mitten im Absatz. Der andere schrieb weiter, und am Ende gingen wir alles gemeinsam durch. Mit der Dramaturgie war es ähnlich und bei den Proben war auch nur einer dabei und erst kurz vor der Generalprobe machten wir alles gemeinsam, dann, wenn die Spannung stieg bei allen wie das Wasser bei einer Flut.

Ich blieb dabei. Mir war das egal. Freiburg oder Kassel, aber Viktor wollte nicht. Er belagerte mich, und am Ende unterschrieb ich beide Verträge. Ich sagte irgendwann: So geht das nicht. Und es endete alles in meiner Küche im vergangenen November vor einem Jahr, als Viktor sagte: »Wenn du nicht mit mir sein willst, wie willst du dann sein?« Als er die Tür geschlossen hatte, dachte ich, dass es »wie wollen wir dann sein« heißen müsste und warum er das nicht gesagt hatte?

»Ich will wieder nach Berlin«, sagt Marjaana und legt ihren Kopf auf meine Schulter. So als könnte ich ihr dabei helfen. Sie riecht sehr einfach und gut nach etwas, dass ich schon seit Kindertagen zu kennen glaube. Wir gehen eingepackt in Winterjacken. Überall in der Stadt stehen Fahrräder mit einer dicken Schneeschicht auf den Lenkern und Satteln. So als wären ihre Besitzer vom Wintereinbruch überrascht worden und hätten nicht mehr nach Hause fahren können. »Wie erfrorene Pferde«, sage ich zu Marjaana. »Worldcruiser«, liest sie von einem Rahmen ab, und ich lege den Arm um sie und wir gehen in mein Hotel. Das Fenster zeigt auf einen grauen kleinen Hinterhof. »Fast wie in Berlin«, sagt Marjaana und dann ziehen wir uns gegenseitig aus und fallen auf die Tagesdecke, die glatt ist auf der nackten Haut, glatt wie eine Folie.

Hinterher stehe ich am Fenster und Marjaana sieht fern. Es schneit sogar in den kleinen Hinterhof hinein. Ich höre diese merkwürdige Sprache, bei der man sich an keinem bekannten Wort festhalten kann. Es ist fast dunkel, obwohl es noch nicht mal drei Uhr am Nachmittag ist. »Du bist weicher, weicher in der Seele als dein Bruder«, sagt Marjaana, und sie lächelt mich kurz an. »Wie war die Arbeit ohne ihn in Kassel und wo noch?«

»In Freiburg«, sage ich und schiebe den Vorhang vor das Fenster. Ich setze mich auf das Bett mit dem Rücken zu Marjaana. Ich friere. »Es war eigentlich einfach. Nur, es kam mir vor wie mit ihm. Als wäre er irgendwie dabei, wäre kurz verschwunden und würde gleich kommen und mich ablösen. Zur Generalprobe ist Pia angereist und hat sich neben mich gesetzt. Sie ist die ganze Zeit geblieben, bis zur Premiere.«

»Hat das geholfen?«, fragt Marjaana, und ich sage: »Etwas.«

Mit Viktor habe ich immer gekokst nach der Premiere. Er hat das Zeug besorgt und die Lines ausgelegt für jeden, der wollte, und es wollten meistens alle. Wir zogen uns das Pulver durch die Nase, rieben uns das Zahnfleisch taub und wenn es alle war, dann hatte Viktor immer noch ein paar Pillen, die alles leuchten ließen. Gegen die unerbittliche Leere nach dem Applaus. Mir war dann, als stülpte sich eine Glasglocke über mich, eine, die mich beschützt, eine, in der ich mich bewegen kann, ohne dass jemand zu mir konnte. Die den Schall brach und das Licht. Alles raste vorbei, aber nur draußen vor dem Glas, dahinter war es ruhig.

Mit Pia habe ich Wein getrunken nach der Premiere in Kassel und bin direkt am nächsten Tag nach Freiburg gefahren. Sie wusste von den Drogen, auch wenn sie es nie genau wissen wollte. Wir haben sie nur in den Premierennächten genommen. Ich jedenfalls, bei Viktor bin ich mir nicht mehr so sicher. »Der schießt sich da oben den Kopf weg«, hatte diese Riina gesagt am Telefon.

»Wer ist Riina?«, frage ich Marjaana, und sie zieht mich unter die Decke und legt sich auf mich. Ihre Brüste liegen weich auf meiner Haut und sie hat den Kopf zur Seite gelegt. Der Scheitel liegt unter meinem Kinn, er sieht absurd weiß aus, so als hätte sie die Haut gefärbt und nicht die Haare. »Die ist auch Schauspielerin. Aber ich weiß gar nicht, was die macht. Sie kommt aus Rovaniemi, und Viktor hat ihr Unterricht gegeben hier in Helsinki.«

»Habt ihr Drogen genommen?«, frage ich und komme mir albern dabei vor. »Nur das eine Mal in Hannover mit dir.« Marjaana wird schwer auf mir, und ich schiebe sie zur Seite.

»Ich habe ihn so vermisst, Marjaana, die ganze Zeit«, sage ich. »Ich will ihn nicht mehr vermissen, nicht so. Nicht so, dass ich kaum sitzen kann irgendwo ohne ihn.« Sie stützt ihren Kopf auf die Hand und fragt: »Hast du deshalb mit mir geschlafen? Um ihm nah zu sein? In Deutschland hattet ihr beide kein Interesse an mir. Oder ist Helsinki so erotisierend?« Ich habe noch nie mit einer Frau geschlafen, die etwas mit Viktor hatte, jedenfalls nicht wissentlich. Bei Marjaana hatte ich es mir gedacht, schon als Pia mir kurz nach seinem Verschwinden erzählte, dass Viktor nach Helsinki gefahren ist und ich mich bei ihm melden solle, wenn ich wieder bei Verstand sei. Ich wusste, dass er sich an jemanden hängen würde, und wer sollte das in Finnland sonst sein? »Wer weiß«, sage ich wahrheitsgemäß zu Marjaana und streiche ihr über die Haare. »Bleibst du die Nacht bei mir?«

»Die Nacht? Es ist gerade einmal Nachmittag. Ihr betrügt ja nie jemanden, Viktor und du. Aber ich muss bald gehen.« Sie lacht dabei, obwohl es traurig klingt. Wir liegen nebeneinander auf dem Rücken. Unsere Oberarme berühren sich, und ich will nicht, dass sie geht. »Es gibt eine Geschichte, die meine Mutter immer wieder erzählt hat«, beginne ich. »Die Geschichte unserer Geburt. Ich habe sie so oft gehört, dass ich sie fühlen kann, dass ich nicht mehr trennen kann zwischen dem Erzählten und meinem eigenen Gefühl. Ich war der erste, verstehst du. Meine Mutter brachte uns auf die Welt, so wie das damals war, in einem Krankenhaus, mit einem Arzt und einer Hebamme. Mein Vater war natürlich nicht dabei. Sie war also allein, und als ich draußen war, musste sie weitermachen. Da war ja noch Viktor. Aber sie sagte, dass die Geburt stehenblieb. Dass nichts mehr passierte.« Ich sehe nicht zur Seite, aber ich kann auch so erkennen, dass Marjaana die gelbliche Zimmerdecke ansieht, und rede weiter: »Mich hatte man nach dem ersten Schrei genommen und gewaschen, gewogen und angezogen und dann in den Nachbarraum gebracht. Helles Licht überall. Da lag ich dann allein. Meine Mutter sagte, dass ich ganz still gewesen sei. Über eine halbe Stunde sei nichts passiert, keine Wehen bei ihr, und ich hätte keinen

Mucks von mir gegeben. Der Arzt sei nervös geworden und plötzlich habe sich Viktor entschieden, doch geboren werden zu wollen. Und als er endlich da war und schrie, hätte ich im Nebenraum auch angefangen zu schreien.«

Marjaana sieht mich an, so als würde sie durch mich durch sehen, und blickt dann wieder an die Decke. »Viktor hat die Geschichte geliebt, und ich konnte sie schlecht hören, und selber erzählt habe ich sie noch nie«, sage ich und Marjaana fragt tonlos: »Und was soll ich damit?«

Sie dreht sich langsam zu mir auf die Seite und legt mir ihre Hand auf die Brust. »Viktor wollte mich jeden Tag sehen. Er wohnte in einer kleinen untergemieteten Wohnung, die ich ihm auch noch besorgt habe, und ich habe das nicht lange ausgehalten. Er war so still, auch wenn ich da war, und ich wusste eigentlich überhaupt nicht, was er von mir wollte. Selbst beim Sex war das so. Er wirkte wie versunken und wollte doch immer wieder, dass ich komme.« Ich sehe weiter an die Decke und fast scheint es mir, als würde ich mich nicht trauen, Marjaana anzusehen. Um mir das Gegenteil zu beweisen, drehe ich mich um und sehe, dass sie weint. »Irgendwann hat er dieser Riina Unterricht gegeben und bald von mir abgelassen. Ich war froh, als er aus der Stadt verschwunden war.«

»Viktor war nur zu ertragen, wenn er arbeiten konnte, Theater machen, Marjaana, und das konnte er nur mit mir.« Es klingt tröstend, aber das soll es gar nicht. Marjaana küsst mich, drückt sich an mich und zieht mich in sich hinein. Wir schwitzen und atmen und liegen dann still. Wenn ich mich von ihr löse, wird meine Haut kalt, die eben durch unseren Schweiß mit ihrer verbunden war. Wir schlafen ein.

Vielleicht ist Kilpisjärvi zu viel für mich, ich bin noch nicht sicher. Der Schnee geht mir bis über die Knie, meine nackten Beine fühlen sich taub an, aber nicht kalt. Ich bin noch saunaheiß und nackt und drücke mein Ohr an Viktors Seite des Bungalows. Stille. Drinnen und draußen. Überall.

Ich laufe durch den Schnee zurück in meinen Raum, dusche kalt und lege mich nackt auf das Bett. Das Zimmer besteht nur aus dieser Liege, einem Fernseher, der an der Decke hängt, und in der Ecke steht ein kleiner Kühlschrank, darauf eine Mikrowelle, darauf eine Kaffeemaschine. Es folgt eine Tür, links das Klo, rechts die Dusche, dann eine Tür aus braunem Glas und dahinter ist eine Sauna. Alles zusammen ist fünf Meter lang und zwei Meter breit. Es ist verstörend klein, und die Sauna hat zwei Bänke, aber wenn ich auf der unteren sitze, stoße ich mit den Knien gegen die Glastür, gucke durch das Bad auf den winzigen Raum mit dem Bett.

»Ich habe auch größere Bungalows, mit einer richtigen Wohnung. Zwei Zimmer, Küche, Bad, große Sauna«, hatte die Frau gesagt, die mir das hier vermietet hat. Zehn kleine Holzbungalows sind um ein

Restaurant verteilt, immer zwei Ferienwohnungen nebeneinander. Kleine oder große. Sie tragen rosa Streifen um die Türen und Fenster und sehen so kindlich aus. »Danke, ich möchte neben meinem Bruder wohnen«, habe ich gesagt. Die Frau ist vielleicht fünfzig, hat blond gefärbte Haare, die am Ansatz grau sind. Viktor wohne seit zehn Tagen da. Er sei mit dem Bus gekommen und nicht viel zu sehen. Manchmal im kleinen Supermarkt. Das Restaurant habe ja nur am Wochenende auf, wenn ein paar Touristen aus Norwegen kämen. Für die sei Finnland viel billiger. Im Februar gehe es richtig los mit den Touristen, jetzt sei es einfach zu dunkel. Vielleicht ist er nach Norwegen gefahren ans Nordkap, das sei nicht mehr weit. Er habe für zwei Wochen gebucht und ja, seit zwei, drei Tagen habe sie ihn nicht gesehen. »Sie sehen aus wie er. Genau gleich.«

Das war gestern. Die haben hier Licht für vier Stunden. Wobei Licht, es ist so etwas wie eine Dauerdämmerung zwischen zehn und vierzehn Uhr und es schneit ununterbrochen. In kleinen Flocken, die, wie mir scheint, im exakt gleichen Abstand voneinander zu Boden fallen. Wie eine unendliche Zahl Krieger in Reih und Glied. Auf meinem Leihwagen, den ich mir in Rovaniemi genommen habe, liegt schon eine fünfzehn Zentimeter dicke Schicht. Und es sind zweiundzwanzig Grad minus.

Ich kann nicht noch einmal in die Sauna gehen. Das war bereits der vierte Gang. Was soll ich hier tun? Kilpisjärvi besteht aus einer Straße, ein paar

Blockhäusern, einer Tankstelle mit einem leeren Café und einer grandiosen Natur, die aber unter einer meterhohen Schneeschicht liegt. Der große See, an dessen anderem Ufer Schweden liegt, ist eine einzige weiße Fläche. Sowie ich die Wege des Dorfes verlasse, sinke ich tief in den Schnee. Die Straße ist vereist, und wenn man den Autos nachsieht, die aus Norwegen kommen oder dorthin fahren, verschwinden die roten Rückleuchten, als würden sie sich auflösen.

Ich bin heute vielleicht eine halbe Stunde rumgelaufen. Es sind nur mickrige Birkenstämme zu sehen, hüfthoch, wie schockgefroren. Das Eis hängt ihnen unerbittlich in den dünnen Zweigen, und wenn ein Auto vorbeifährt, dann möchte man ihm hinterherlaufen und schreien.

In Rovaniemi habe ich den ganzen Abend neben dieser absurden Riina gesessen. Sie hat mich vom Bahnhof abgeholt. Und Viktor kann nicht mehr ganz richtig sein. Riina ist zehn Jahre jünger als wir, überragt mich um einen halben Kopf und redet ununterbrochen. Ich zog meinen Rollkoffer hinter mir her, die Räder waren längst verkeilt von dem Splitt, der hier gegen die Glätte gestreut wird. Er schlidderte hinter mir her, und ich fühlte mich ihm verwandt, meinem Kopf ging es ähnlich. Rovaniemi bestand aus gesichtslosen Klinkerbauten. Die Straßenlaternen im Zentrum waren filigrane Gebilde aus Metall, deren Körper leuchteten, abwechselnd rot, orange und violett, wobei eine Farbe in die andere überging.

Ich blieb vor der ersten stehen wie vor einer Blume, staunte sie an in der Eiseskälte und wurde von Riina in eine Bar gezogen.

Sie hatte ein rundes Gesicht, schräge Wangenknochen und große Hände, alles an ihr wirkte groß, und sie erzählte mir, dass sie verschiedene Arbeiten macht, ein bisschen Schauspiel, Journalismus, und auch Lehrerin sei sie, und ich stürzte ein Bier nach dem anderen runter. Die Bar war holzverkleidet und an den Wänden hingen Schwarzweißfotos von amerikanischen Schauspielern. Ich erkannte de Niro und Harvey Keitel. Riina redete ein Kauderwelsch aus Englisch und Deutsch, und im Deutschen erkannte ich meinen Bruder. Seine Art, Wörter zu betonen und auch die Wörter selbst. Wie sie »höchstwahrscheinlich« sagte oder »niemals« mit einem langen »i«. Das war gespenstisch und ich verstand kein Wort. Was hatte denn mein Bruder gemacht. Zuhause gesessen? Riina verstummte, um mir dann zu versichern: Es sei alles ganz wunderbar gewesen, sie hätten sogar ein Theater gegründet in einer alten Fleischfabrik, aber dann vor ein paar Tagen hätte er sich 10 Gramm Kokain gekauft und sei hoch in den Norden gefahren nach Kilpisjärvi. »He bought all these drugs and ran away.« Er wollte seine Ruhe haben. Sie hätten sich ein bisschen gestritten, und sie habe gleich bei mir angerufen, er habe ihr viel von mir erzählt. Mehr sagte sie dazu nicht, dann gab sie mir die Adresse dieser Bungalows.

Die Straße hierher war durchgängig mit einer dicken Eisschicht bedeckt. Ich wusste nicht, wie man darauf fahren soll und guckte es mir von den Finnen ab, die mit ihren Winterreifen 100 Kilometer pro Stunde fuhren. Ich fuhr achtzig, ließ mich hin und wieder von Bussen und auch von LKW überholen und versuchte mir nicht vorzustellen, was beim Bremsen passieren würde. Die Rückscheibe vereiste augenblicklich von einer dicken Schicht Schneematsch, die die Reifen hochwarfen. Alles war tief verschneit und weit, und je höher ich kam, desto weniger Nadelbäume gab es, und einmal sah ich, wie die Wolken zart rosa gefärbt waren für ein paar Minuten. Wie ein zeitgleicher Sonnenauf- und Sonnenuntergang. Rentiere, diese kleinen hirschartigen Wesen, sahen mich vom Straßenrand aus an wie etwas, das sie nicht verstehen, aber auch nicht fürchten. Ich solle den Scheibenwischer betätigen, hatte Riina gesagt, wenn sie mir den Weg versperren würden. Nur das würde helfen, dann würden sie mich als Lebewesen erkennen und weglaufen. »They are stupid like hell.«

Mein Handy klingelt, während ich auf dem Bett liege, und ich brülle fast, als Pia fragt, wie es mir geht. »Es ist unglaublich hier, Pia, das Ende der Welt, und danach geht es noch weiter.« Ich erzähle ihr alles und bin froh, endlich mit jemandem zu sprechen, der mich versteht. »Lass dir seinen Bungalow aufmachen«, sagt sie. »Vielleicht bist du dann schlauer.«

»Pia, ich will ihn aus meinem Leben haben. Vielleicht ist es dann nicht so schlau, als erstes bei ihm einzubrechen.«

»Dann weiß ich es auch nicht.«

Wir legen auf und ich ziehe mich an und mache mir etwas zu essen. Wärme mir Brot in der Mikrowelle und belege es mit Schinken und Käse aus dem Supermarkt. Der Kaffee läuft blubbernd durch die Maschine. Die Finnen trinken am meisten Kaffee in Europa, hat mir Riina mit einem gewissen Stolz erzählt, und langsam weiß ich auch, warum. Nur schlafen kann ich dann wieder nicht, und schlafen ist das einzige, was man hier wirklich gut kann.

Die blonde Wirtin und ich stehen am nächsten Morgen vor Viktors Bungalow. Es ist Sonnabend, und sie hat eine Art Buffet in ihrem Restaurant aufgebaut für die Norweger. Schweinebraten, Gemüse, Kartoffeln und Huhn. Vor das Restaurant hat sie an der Straße ein rotes Schild gestellt, auf dem *Apen/Auki* steht, und eine Windlichtkerze wirft flackernd ihr Licht dagegen. Ich musste sie nicht lange überreden, mir den Bungalow zu öffnen. Sie will nur schnell wieder zurück, weil es gleich Mittag ist und dann die Gäste kommen.

Sie schließt die Tür auf, und ich sehe ihn gleich dort auf dem Bett sitzen mit dem Rücken an der Wand. Das fahle Tageslicht fällt seitlich an der zugezogenen Gardine vorbei in den Raum und ihm auf das Gesicht. Er hat die Augen halb geöffnet und sein Mund

49

steht offen. Der Kopf ist an die Wand gelehnt, an die Wand, hinter der ich gewohnt habe. Er sitzt in einer Urinpfütze und auch die ist gefroren, bedeckt mit einer weißen Raureifschicht. Neben ihm liegt eine halbvolle Flasche finnischer Wodka.

Die Frau schreit auf und schlägt die Hand vor den Mund. Damit hat sie nicht gerechnet, aber ich merke, dass ich damit gerechnet habe. Etwas in mir. Ich gehe an ihr vorbei und setze mich neben ihn. Ich greife nach seiner Hand, aber die ist gefroren, sein ganzer Körper ist hart gefroren. Die Finger sind starr, eiskalt, und ich lasse sie los. Mein Herz schlägt wie in einer Schachtel, es schlägt gegen die Wände, aber es schlägt.

Die Kokainbriefchen liegen aufgereiht auf dem kleinen runden Plastiktisch, den es in meinem Teil des Bungalows auch gibt. Sie sind unberührt, da bin ich sicher. Plötzlich weiß ich, dass sie nur der Köder für mich waren, und dass Viktor mich ein letztes Mal gebraucht hatte. »Der schießt sich da oben den Kopf weg.«

Ich gehe an der völlig aufgelösten Frau vorbei, die weint und immerzu fragt: »Was sollen wir tun?« Dann schließe ich die Tür meines Bungalows und rolle mich auf dem Bett zusammen. Ich schließe die Augen und versuche mir vorzustellen, wie Viktor mich ankommen sieht, wie er mich hört, mit der Wirtin vor der Tür, und dann die Wodkaflasche öffnet und trinkt. Wie er die Heizung abdreht und sich anlehnt an die Wand, hinter der ich liege und lese oder fernsehe, und wie er dann wartet, bis der Tod kommt.

Haus Seeblick

Die Welle war nachtschwarz und häuserwandhoch gewesen und absolut geräuschlos. Sie hatte sich über ihn gesenkt, sich dann noch einmal verdunkelt, und Anton dachte, dass er nur darunter wegtauchen müsste. Als ob man das könnte unter einem Tsunami. Dann aber blieb alles stehen, es blieb dunkel, die Welle stand über ihm, und er sprang auch nicht unter ihr hindurch. Weder wachte er auf, noch hatte er den Traum beim Aufwachen parat. Jetzt plötzlich fällt er ihm wieder ein, hier beim Frühstück im leeren Wintergarten von *Haus Seeblick*, die Sonne ist erst vor kurzem aufgegangen, und das Wasser der Ostsee ist eher flaschengrün als blau und schon gar nicht nachtschwarz. Es liegt ruhig da, fast wellenlos, Anton kann es sehen, nicht den Strand, der durch den Rand der Steilküste verdeckt ist, die vier Meter vor dem Wintergarten abrupt abbricht und in der im Frühjahr Schwalben nisten. »Kann nicht gut sein. Das Meer frisst die Küste, und die Schwalben bohren da noch Löcher rein. Vor fünfzig Jahren waren es noch sechs Meter bis zur Kante«, hatte Großmutter Gertrude gesagt, gestern Abend beim Fest. »Aber wo die Schwalben wohnen, da wohnt das Glück.«

»Wir sind ausgebucht bis Ende Oktober«, hatte Nina, die Besitzerin, nicht ohne Stolz gesagt, und Anton war erstaunt, dass es möglich war, so ein Hotel für eine Nacht freizubekommen in der Saison, um hier ein privates Fest zu feiern. Das ganze Haus war belegt von den Gästen des vierzigsten Geburtstages ihrer besten Freundin. Nina hatte gelächelt und »Wat mut, dat mut« gesagt. Sie waren vorgegangen bis zum Rand der Steilküste und hatten hinunter auf das Wasser gesehen, das da noch grau war und aufgewühlt. Das Hotel lag fünf Meter über dem Meeresspiegel, und der Wind drückte das Wasser bis weit auf den Strand. »In den Herbststürmen verlieren wir leider jedes Jahr Land«, hatte Nina gesagt und dabei ausgesehen, als wäre das ein Naturgesetz. »Irgendwann werden wir wohl mal abstürzen.«

Das *Haus Seeblick* ist jetzt wieder geöffnet, am heutigen Sonnabend würden die Gäste kommen. Die Kellnerinnen decken die Tische für das Frühstück ein. Sie nicken dem breitschultrigen Mann mit dem rasierten Schädel zu, der hier allein sitzt im Wintergarten. Anton ist es gewohnt, früh aufzustehen, und er mag diese Zeit. Wenn er arbeitet, gehören diese Stunden ihm.

Der Sommer ist vorbei und die Ostsee-Zeitung schreibt, dass die Sonne in dieser Septembernacht den Himmelsäquator Richtung Süden überschritten hat und damit das Winterhalbjahr beginnt. Tag und Nacht, Hell und Dunkel sind nahezu gleich lang. Es sei zu kalt für die Jahreszeit, viel zu kalt. Anton hat den Sommer auf Mallorca verbracht, so wie die letzten fünf davor. In einem alten Steinhaus, das auf rötlicher Erde steht, jegliches Grün ist verbrannt zu dieser Zeit, nur die Olivenbäume mit ihren zittrig silbrigen Blättern stehen hier eher trotzig als stolz. In der Nachbarschaft gibt es ein paar ähnliche Häuser, in denen Spanier wohnen, Festlandspanier, wie sie Küpper nennt. Rainer Küpper, groß und sportlich, Mitte vierzig, etwas älter als Anton selbst, holt ihn persönlich in Palma am Flughafen ab, jedes Jahr Anfang Juni. Mit dem weißen Golf, den er Anton zur Verfügung stellt für die nächsten drei Monate. Sie fahren zu dem Steinhaus, in dem Anton nun allein wohnen wird und das er für sich Gehöft nennt, umgeben von einer hüfthohen Mauer aus Feldsteinen. Gemeinsam sitzen sie auf der Terrasse, wie Freunde, die sie nicht sind, und trinken Eiskaffee. Küpper fährt dann mit seinem Mercedes nach Cala d'Or in die Klinik, und Anton folgt ihm ein paar Stunden später. Die Hitze steht, und das wird so bleiben die nächsten Wochen. Er fährt durch die Stadt mit ihren harmlosen weißen Schuhkartonhäusern. Eine erträgliche Hässlichkeit, wenn man an die Riesenhotelburgen in anderen Orten der Insel denkt. Die klimatisierte Kühle der orthopädischen Klinik empfängt ihn, und Anton begrüßt die Schwestern, Deutsche und Spanierinnen. Sie sind ihm vertraut inzwischen, er freut sich, sie wiederzusehen.

Sein Leben wird im Wesentlichen aus der Arthroskopie bestehen, er schiebt dünne bewegliche Schläuche in die Knie der zumeist deutschen Patienten und begutachtet die Schäden im Gelenk. Flickt dabei oft gleich ein Kreuzband oder näht einen gerissenen Meniskus. Sein Blick ist auf den Monitor geheftet, auf dem ein Laie nur eine rötlich-gelbe Masse erkennen würde, während seine Hände sich wie ferngesteuert bewegen. »Sie könnten ein Vermögen verdienen, Mann. Wenn Sie nur ein bisschen Ehrgeiz hätten«, sagt Küpper jeden Sommer mindestens einmal. Er begreift es letztendlich nicht, dass Anton nur die drei Monate im Sommer bei ihm arbeitet.

»Sie haben eine Klinik auf Mallorca?«, hatte Großmutter Gertrude zu ihm gesagt am Vorabend. Sie sagte es mit tonloser, flüsternder Stimme. Eher ein Krächzen als ein Flüstern. Wahrscheinlich ein Knoten auf dem Stimmband, dachte Anton. Wahrscheinlich haben sie ihr das eine Stimmband entfernt, und jetzt spricht sie nur noch auf einem Bein.

»Ihre Tischdame, Großmutter Gertrude«, hatte Nina gesagt, als sie die alte Dame zu ihm an den kleinen Tisch neben dem Tresen setzte, weil der Wintergarten voll war mit den Geburtstagsgästen, deren Lachen langsam lauter wurde. Sie war sicher über neunzig, ihre Kopfhaut schimmerte rosa durch das dünne weiße Haar, das zu Locken gedreht war. »Wenn Sie sich keine mitbringen, dann bekommen Sie meine Oma.« Das *Sie* war verwirrend gewesen.

»Nein, das ist nicht meine Klinik. Ich arbeite dort nur ein paar Monate, für den Sommer, weil das Team in der Hauptsaison nicht ausreicht.«

»Was machen Sie den Rest der Zeit?« Für ihr Alter wirkte sie wach und neugierig.

»Im Winter arbeite ich auf ähnliche Art und Weise noch einmal drei Monate in Berlin. Urlaubsvertretung in verschiedenen Praxen. Ich verdiene so genug für das ganze Jahr.«

»Aber man muss doch für sich selber arbeiten, wenn es denn geht«, die alte Dame rieb die dünnen Finger aneinander und lachte, und obwohl sie das fast geräuschlos tat, erinnert das Lachen Anton an Nina, vielleicht weil sich die Augen zu winzigen Schlitzen verengten und das Porzellanblau kaum noch zu sehen war.

Dieses Puppenblau war ihm aufgefallen, als er sie zum zweiten Mal gesehen hatte, vor der Klinik in Cala d'Or. Sie stand auf einem Bein, an Krücken und mit einer Tasche über der Schulter, und versuchte ihre Röntgenbilder aufzuheben. »Kann ich Ihnen helfen?«, hatte er gefragt, und sie hatte gelacht: »Doktor Werner, da sehen Sie, was Sie angerichtet haben. Ich kann mich kaum noch bewegen.«

Warum sie nicht noch eine Nacht in der Klinik geblieben sei, hatte er sie später in seinem Auto gefragt. Das sei selbstverständlich kein Problem. Wenn sie gesagt hätte, dass sie morgen nach Hause fliegen würde. Sie sah aus dem Fenster, die blassblonden Haare mit einem türkisen Gummi zum Pferdeschwanz zusammengebunden, und sagte: »Ich mag Krankenhäuser nicht.« »Na, ich auch nicht«, antwortete er, und sie lachten das erste Mal gemeinsam. Er konnte sich nicht an ihr Gesicht erinnern, aber sehr schnell an ihre Diagnose: »Ausriss des vorderen Kreuzbandes, Korbhenkelriss des medialen Meniskus.« Die Operation war problemlos verlaufen, und um alles Weitere kümmerte sich Küpper, er gab den charmanten, weltgewandten Arzt am Bett. Den Meniskus sollte sie in einem halben Jahr zu Hause machen lassen, wo auch immer das war.

»Kann ich Sie irgendwohin mitnehmen?«, hatte er sie gefragt, und sie sagte: »Ja, ans Meer, und dann brauche ich noch ein schönes Hotel, eines, in dem man Luft bekommt.« Cala d'Or hat mehrere muschelförmige Buchten, von Felsen eingerahmt, die im Juni noch nicht so vollgepfropft sind wie im Juli oder August, aber Anton fuhr trotzdem raus ins Naturschutzgebiet über holprige Sandwege zu dem kleinen Strand, an dem nur noch ein paar Surfer waren, das wusste er. Im Juni, wenn die Arbeit noch kein Akkord war wie im Hochsommer, fuhr er an manchen Abenden hierher zum Baden. Nina sah die ganze Zeit wortlos aus dem Seitenfenster und äußerte nur hin und wieder ihre Begeisterung über ein altes Haus oder einen besonderen Garten.

Das Mittelmeer lag glatt und türkisblau, ein Blau, das für ein deutsches Meer nicht vorstellbar ist. Die Sonne stand hoch, obwohl es schon nach sechs war, und es gab die Surfer und noch ein paar Urlauber, Familien mit Kindern, die hier lagen. Sie saß im Sand, das von ihm operierte Bein, mit einer Mullkompresse verpflastert, ausgestreckt und das andere unter den Körper gezogen. In einem Jeansrock und einer weißen Bluse. Anton war zu der kleinen Kneipe gegangen, eher eine Bretterbude, und brachte ihr einen

Kaffee im Plastikbecher. Sie nickte und zeigte mit dem Kopf auf eine Villa, die umzäunt auf einem Felsvorsprung am Rande der Bucht stand: »Den Kaffee verzeih ich Ihnen, wenn das dort ein Hotel ist, das erinnert mich an meines.«

Der Blick aus dem Wintergarten des *Haus Seeblick* lässt Anton den Vergleich verstehen. In der Mitte des steinernen Vorbaus steht ein Kachelofen an der Wand, auf dessen Bank er heute zum Frühstück sitzen kann, jetzt, wo er hier allein ist. Es ist ein großes Haus mit einem verschachtelten Dachstuhl, mehrere Dächer, gegeneinander verschoben, erheben sich über den Gästezimmern, und die Ziegel sind an den Seiten heruntergezogen wie Mützen. Roter Biberschwanz. Das Haus ist weiß, *Haus Seeblick* steht über dem Wintergarten mit seinen aufgearbeiteten filigranen Holzfenstern. Es steht schräg, so dass der Wintergarten zwar zum Meer steht, aber nicht im Wind. Der weht meist aus Nordwest. Wenn man durch die kleine Allee aus Kastanien und Birken kommt wie Anton gestern, wendet das Haus dem Besucher die Rückseite zu. »Entschuldigung, der *Seeblick*?« »Gradut, junger Mann. Können Sie gar nicht verfehlen. Kurz bevor Sie ins Meer fallen.« Ihr Urgroßvater sei noch Fischer gewesen, hatte Großmutter Gertrude gestern gesagt. Er wusste nicht, wie er sie ansprechen sollte, dieser merkwürdige Familienkosename ging auf keinen Fall, und schon gar nicht, wenn Nina ihn siezte. Der Großvater habe das

Haus gebaut und Gott sei Dank groß, nicht so 'ne lütte Bude.

»Ja, junger Mann, wir haben hier einiges durchgemacht.«

Anton achtete nicht auf den Satz, er war verwirrt von der Situation, weniger von dem kleinen Gespräch, das er mit der alten Dame führte. Sein Überraschungsbesuch in Grünborn an der Ostsee schien mehr eine Überraschung für ihn selbst zu werden. Schon als er die Kellnerin nach Nina gefragte hatte und sie aus der Küche kam, in einem knielangen dunkelblauen Kleid und mit einem roten Tuch um den Hals, war er sich wie ertappt vorgekommen. Sie griff mit der Linken nach seinem Unterarm, als sie ihn begrüßte, und sagte: »Wie schön, Sie wiederzusehen.« Nur es sei eben sehr ungünstig heute wegen des Festes, aber ein Zimmer für ihren Retter werde es schon noch geben. Sie wandte den Kopf zur Seite und sagte: »Kerstin, würden Sie Doktor Werner bitte das Sanddornzimmer zurechtmachen.« Das lag über dem Wintergarten, also direkt zum Meer, und Anton konnte die orangen Beeren an den Sträuchern leuchten sehen, die ganze Steilküste entlang. In der Mitte des Vorbaus stand ein winziger Schornstein aus roten Klinkern für den Kachelofen, an dem er jetzt sitzt und frühstückt.

»Ja, junger Mann, wir haben hier einiges durchgemacht.« Das war ein Auftakt gewesen, damit ging es los. Das ist ihm nun klar. Sie bekamen das Menü der Geburtstagsgesellschaft. Süppchen vom Wild aus den Wäldern der Kühlung mit Preiselbeersahne. Mecklenburger Rippenbraten gefüllt mit Äpfeln und Backpflaumen. Wahlweise Dorschfilet unter der Kräuterkruste.

Nina bediente sie persönlich und servierte gerade den Rippenbraten mit einem sehr professionellen »Wohl bekomm's«, als Großmutter Gertrude den Satz zum zweiten Mal sagte.

»Die kamen mitten im Winter. Das Salzhaff war schon lange zugefroren, und die Buhnen vorn, die hatten alle Eiskappen, und die Zapfen so lang. Alles ganz junge Kerle. Mitten im Winter standen sie da in ihren Uniformen. Ganz verhungert und blass sahen die aus. Morgens, wir waren noch beim Frühstück.« Ihre Hände lagen im Schoß, sie hatte noch nicht einmal das Besteck angerührt, geschweige denn den Rippenbraten. Sie sah Anton an und der fragte sich, wovon sie redete. Vom Krieg, von der SS, den Russen? Wer kam da im Winter in Uniform?

»Aktion Rose haben die das genannt. So ein schönes Wort. 20. Februar 1953, wir hatten 15 Grad minus, und geschneit hatte es auch die ganze Nacht. Sachsen waren das oder wer weiß was. So junge Kerle, frisch von der Polizeischule. Auf Rügen hatten die angefangen, schon Tage vorher. Aber wir wussten von nichts. Hatte keiner was von erzählt. Der RIAS nicht und keiner. Hier sowieso nicht. Die sind reingekommen, fünf Mann, und haben alles auf den Kopf gestellt. Wir würden die Leute auspressen, und wir würden hier was verstecken und horten, und was nich alles. Den Bohnenkaffe ausm Westen, den haben sie nicht mal gefunden, die Dösbattel.«

Er trank einen Schluck Bier, und sie sah ihm dabei zu und wartete, bis er das Glas wieder abgestellt hatte. Sie zwinkerte ihm zu und sagte: »Den hatten wir gut versteckt. Zu gut. Man weiß ja nie. Aber die wollten was finden in den Hotels, und überall haben sie was gefunden. Die Konten haben sie am Tag vorher gesperrt, und es ging nur um die Häuser, rein um den *Seeblick* ging ihnen das. ›Verderbenlassen von Lebensmitteln‹, wegen so 'n paar vergammelter Äppel im Keller. ›Hortung von Lebensmitteln‹, wegen unserer selbstgekochten Marmelade. Mutti hat immer alles eingekocht für die nächste Saison, alles aus dem Garten. An die hundert Gläser.«

Sie muss das alles vor sich sehen, dachte Anton. Wie sie als fast Hundertjährige »Mutti« sagen konnte, ohne mit der Wimper zu zucken. »Nehmen Sie man. Ich hab kein' Hunger und meine Zähne …«, sagte sie und schob ihm den nicht angerührten Teller rüber. Er musste sich manchmal vorbeugen, um ihr Flüstern zu verstehen, und hin und wieder wurde sie von einem Husten geschüttelt.

»Denn kamen wir alle in den Knast. Alle Mann. Nach *Drei Bergen* in Bützow. Papa als Schieber und Kapitalist und ich, die ich ja nun schon Geschäftsführerin war, weil sie bei mir ein paar Lederstiefel plus Quittung aus Westberlin gefunden hatten. Der Richter in Doberan schüttelte den Kopf und sagte, das reicht nicht für 'ne Verhaftung, und hat mich wieder laufen lassen. Am nächsten Tag ist er abgehauen nachm Westen. Das war noch ein Mensch. Für seinen Nachfolger hat es denn aber nun gereicht. Ab nach *Drei Bergen*. Einen ganzen Block hatten sie da für uns geräumt. Oben die Männer, unten die Frauen. Zwölf Weiber in einer Zelle, schlafen umschichtig, und so 'n Wassereimer fürs Klo, und alle konnten sehen, was man da macht. Und riechen vor allem, wie das gestunken hat.«

»Haben Sie sich nicht gewehrt?«

»Sie sind gut, junger Mann. Wir haben alle ›ein Jahr und‹ gekriegt. Das ›und‹ war entscheidend. Ab über einem Jahr durften sie nach ihrem Recht das Vermögen einziehen. Denn ist ihnen auch noch der große Häuptling in Moskau gestorben, am 5. März, weiß ich noch wie heute. Genosse Stalin. Und der Osten wusste nicht ein noch aus vor Trauer, und der Westen machte sich Gedanken, was nun kommt, und wir da in Bützow waren allen schietegal.«

Aus dem Wintergarten kam Ninas Freundin, das Geburtstagskind, Anton hatte sie kurz an der Festtagstafel gesehen. Eine große, dralle Person. Sie stieß ihn im Vorbeigehen an die Schulter und sagte: »Sie sind meiner Freundin ans Knie gegangen, Sie Schlingel.« Dann lachte sie und verschwand auf das Klo.

Großmutter Gertrude sah ihr nach, wie man jemandem auf der Straße nachsieht. Die Ina sei eine Schnapsdrossel, sagte sie dann. Aber 'ne Seute.

»Tja, die Geschichte schlägt manchmal koppheister. Denn kam ihnen nämlich der 17. Juni in die Quere, da war schon was los. Und die brauchten danach ordentlich Platz in den Zellen. Da haben sie uns rausgelassen, und es hieß, ›Ja, wir haben was falsch gemacht. Aktion Rose war nicht richtig.‹ Die waren auf Schmusekurs nach dem 17. Juni. Und wir sollten alles wiederkriegen. Aber wir sind ab nach Flensburg, sowie wir rauswaren. Meine Eltern und ich. Nur die doofe Dirn is man hier geblieben.«

Sie deutete mit dem Kopf auf eine ältere Frau in weißer Kochkleidung hinter dem Tresen, die sich gerade ein Glas Wasser eingoss.

»Meine Tochter Helga. Wollte hierbleiben, wegen ihrem Horst, dem Klauckschieter. Den hätten sie mir aufn Bauch binden können. Na ja, hat sie dann auch sitzenlassen mit der lütschen Nina. Helga hat hier die ganze Zeit gekocht. Hat ihr nichts ausgemacht, hier FDGB zu kochen. Für Die Guten Bekannten. Gott sei Dank haben sie ihr das Haus nicht wiedergegeben. So wie den anderen, die hier geblieben sind. Dann würden wir heute nicht mehr hier sitzen. Kröger vom *Hafenhus*, der hat sein Hotel zurückgekriegt nach dem 17. Juni '53. Zur Nutzung. Das hieß, Sklave sein im eigenen Haus. Die bestimmten alles, und du durftest bezahlen. Und dann hat er nach zwanzig Jahren aufgegeben und verkauft. Für 'n Appel und 'n Ei. Die haben nix wiedergekriegt nach der Wende. Wer an die Schweinehunde verkauft hatte, sah gar nichts wieder. Aktion Rose hin oder her. Gerecht ist das nicht. Aber schon der olle Kröger war so 'n Heini. Immer 'nen Diener nach oben. Der war auch schon 1928 judenfrei. Als man das noch gar nicht musste.«

»Ab wann musste man denn judenfrei sein? Gab es da einen Stichtag von den Nazis?« Anton hatte tatsächlich den Teller der alten Dame leer gegessen. Er sah sie an und erkannte in diesem Moment, dass sie vorbei war, die Geschichte, die sie vermutlich schon hundertmal erzählt hatte. Sie zögerte.

»Ohne die Nazis würde es Grünborn gar nicht geben zwischen Kühlungsborn und Rerik. Das haben die nämlich so genannt. In Kühlungsborn haben sie Brunshaupten, Arendsee und Fulgen zusammengelegt, und Rerik hieß Alt Gaarz. Das war denen wohl zu polnisch, nehm ich mal an. Wie eben auch Doberow hier. Da haben sie denn Grünborn draus gemacht. Aber danach fragt heute keiner mehr.«

Nina stellte den Nachtisch vor sie hin: »Mecklenburger Götterspeise, geriebenes, gezuckertes Schwarzbrot, in Rum getränkt, mit hausgemachter roter Beerengrütze und Sahne. Soll es noch ein Bier sein, Doktor Werner? Und du, Großmutter Gertrude, erzählst du wieder Riemels und Läuschen?«

Sie sah Nina hinterher, und ihre blauen Augen wurden wässrig. »So ein tüchtiges Mädchen. Man gut, dass ich ihr den *Seeblick* gegeben hab. Da hat sie was draus gemacht. Wie dat hier utsah. Alles haben die runtergewirtschaftet. Und zweimal im Jahr darf ich kommen. Umsonst und immer im Bernsteinzimmer, immer mit Balkon.«

Anton nahm Nina das frische Bier aus der Hand.

»Und ab wann waren Sie denn nun judenfrei?«

»1935 waren das hier alle. Da ist Papa dann auch in die Partei. Wer nun was werden will, der muss da rein, hat er gesagt und meinen Mann gleich mitgenommen. Der ist dann im Feld geblieben. Bauchschuss im April '45. Aber Grünborn war nicht so schlimm. Die Urlauber haben sich damals hier vor dem Krieg so Burgen am Strand gebaut. Jede Familie eine. Richtig eingeigelt haben die sich. Der ganze Strand war voll. Sah ganz drollig aus von hier oben. Richtig runde Burgen, mit einem hohen Rand. Und viele haben denn darauf Fahnen gesteckt. Auch schon schwarz, weiß, rot und das Hakenkreuz. Je nachdem. Hat man sich nicht viel dabei gedacht, damals. Manche wollten keine Juden im Hotel schon vor '33, und Kröger hat das eben gemacht. Papa nicht. Und Lieder wurden bei uns auch nicht gesungen. Wie bei Kröger. Das Borkumlied, büschen umgedichtet auf Grünborn. Das haben sie nicht nur hier gemacht. Zinnowitz hatte sogar ein eigenes. Aber bei Kröger, da wurde das gesungen. Kennen sie das Lied?«

Sie sah ihn an, und ohne seine Antwort abzuwarten, krächzte sie:

»An Grünborns Strand nur Deutschtum gilt,
nur deutsch ist das Panier.
Wir halten rein den Ehrenschild
Germanias für und für!
Doch wer dir naht mit platten Füßen,
mit Nasen krumm und Haaren kraus,

der soll nicht deinen Strand genießen,
der muss hinaus! Der muss hinaus! Hinaus!«

Das letzte »hinaus« war kaum noch zu hören mit ihrem einen Stimmband.

»So haben sie dort gesungen, schon 1928, das Lied war aber noch länger. Jedes Jahr gab das Ärger, aber ich habe es selbst gehört. Krögers Gäste haben das bei der Kurkapelle eingefordert, damit sie das auf der Promenade spielt. Wir hatten nur ordentliche Gäste, ordentlich und anständig.«

Ein Mann betrat das Restaurant, im Mantel mit einer schwarzen Wollmütze. Das musste Ninas Mann sein. Er nahm seine beschlagene Brille ab, küsste Nina im Vorbeigehen und verschwand in der Küche. Anton sah ihm nach, und währenddessen war Großmutter Gertrude aufgestanden. Sie stand vor ihm, auf einen Stock gestützt.

»Wissen Sie, dass wir wieder im *Seeblick* sitzen, dat hoegt mi.« Und dann zeigte sie mit dem Stock Richtung Wintergarten: »Und wenn uns das einer nimmt, dann soll das die See sein, und nicht diese fickelinschen roten Brüder.«

Anton sprang auf und reichte ihr die Hand. Nina kam aus der Küche und begleitete ihre Großmutter nach oben.

»Hat mich sehr gefreut, junger Mann.«

Nina war mitgekommen, damals auf Mallorca. Lange hatten sie gelegen am Strand, und Anton war einmal geschwommen. Er hatte sie mit auf das Gehöft genommen und das Gästebett bezogen, auf dem manchmal Freunde schliefen, die ihn im Sommer besuchten. Es wurde lange nicht dunkel, die tiefstehende Sonne gab der roten Erde etwas Leuchtendes, und sie aßen Spaghetti mit Öl und Knoblauch. »Nein, kochen Sie nur, ich muss mich ja die nächsten Wochen um nichts anderes kümmern«, hatte sie auf sein Angebot erwidert, den Profi kochen zu lassen.

Sie saßen auf der Terrasse, gepflastert mit faustgroßen Steinen, und sahen auf die Olivenbäume. Küpper hatte einen alten Spanier angestellt, der sich um den Garten des Gästehauses kümmerte. »Sie haben es schön hier«, sagte Nina. Das operierte Bein hatte sie hochgelegt. Dann erzählte sie noch, dass sie eine Freundin habe, die Stewardess sei, und die würde jedes Jahr kurz vor Beginn der Hauptsaison einen Flug besorgen. Irgendwohin in den Süden. Im letzten Jahr sei es Sizilien gewesen und davor Kreta. Sie würden es sich gutgehen lassen eine Woche lang in einem schönen Hotel und Ausflüge machen, ein wenig entspannen, bevor es dann in Grünborn richtig losgehen würde. Sie erzählte noch von den beiden Apartmenthäusern, die sie bauen ließ, und von der Pizzeria in Kühlungsborn. »Da kommt dann im Sommer einiges zusammen.«

An viel mehr kann sich Anton nicht erinnern. Die restliche Zeit muss er geredet haben. Von seinem Leben, seiner Arbeit. Dass er das Sich-stumpf-Arbeiten hasste jeden Tag in den Krankenhäusern und Praxen.

Dass er die drei Monate freie Zeit brauche, um wieder klar denken zu können, und seinen Beruf trotzdem sehr möge. Von seiner Exfrau, und wie sie mühsam wieder lernen würden, miteinander zu reden, nachdem die Anwälte so vieles geklärt hatten bei der Scheidung und sie fast gar nicht mehr miteinander sprachen. Wie es war, als sie das erste Jahr gemeinsam hier waren und der Kleine, noch ein Baby, immerzu geschlafen hatte. Wenn Anton aus der Klinik kam, schlief er, und wenn Anton morgens wieder ging, dann schlief er schon wieder. Wie sie morgens zu dritt gelegen hätten im Bett und der Kleine manchmal nach dem Trinken dann auf seiner Brust wieder einschlief. Und wie schön das gewesen sei, was für ein Glück. Als es dann endlich dunkel wurde und die Glühwürmchen über ihren Köpfen leuchteten, immer wieder so ein Leuchten, wie ein Zucken, und er ein wenig betrunken war von dem schweren Landwein, den der Gärtner ihm mitbrachte, da dann auch über die Liebe. Und sie hatte nur zugehört, so kam ihm das jetzt hier vor am Frühstückstisch im *Haus Seeblick*. Er erinnert sich an ihr Lachen und dann doch, wie sie manchmal Fragen stellte und wie sie ihn angesehen hatte. Stimmte das denn, und erzählte er vielleicht auch von seinem Leben, so wie Großmutter Gertrude ihm gestern ihres aufgetischt hatte?

Er konnte sich nur noch erinnern, wie sie ihn zum Abschied auf die Wange geküsst und »Gute Nacht, schlaf gut, Anton« gesagt hatte, und hat sie jemals sonst Anton gesagt? Und als er vom Zähneputzen in sein Schlafzimmer ging, da hat er sie noch gesehen durch die angelehnte Tür, nackt von hinten, wie sie sich das Nachthemd überzog, und hat das nicht vergessen. Jedesmal, wenn er zum Strand fuhr, sah er ihren Nacken vor sich, den winzigen Ausschnitt zwischen Blusenkragen und Haaransatz, und er redete mit ihr in Gedanken, und wenn er mit Martina schlief, einer Schwester aus der Klinik, wenn er mit ihr schlief wie jedes Jahr, dann dachte er an Nina. Und ging das denn, konnte er sich verlieben in jemanden, von dem er nichts wusste? Fast nichts. Oder erschien ihm das nur jetzt so, hatte er sich nicht verstanden gefühlt dort am Mittelmeer?

Als er morgens ging, schlief sie noch, am Abend war sie verschwunden. Sie hatte eine Visitenkarte auf dem Küchentisch liegenlassen: »Vielen Dank, es war sehr schön und besuch mich doch einmal.« Auf der anderen Seite stand *Haus Seeblick* und Inhaberin: Nina Lüttjohann.

Anton bestellt sich noch einen Cappuccino, er ist immer noch allein im Wintergarten. Er muss jetzt fast lachen, als er an seinen überhasteten Abgang denkt am vorigen Abend, in dem Moment, als Nina sich mit ihrem Mann an seinem Tisch niederließ. Das war dann doch zu viel. Er müsse jetzt auch ins Bett, so wie eine fast Hundertjährige, dachte er bei sich, und morgen sei auch noch ein Tag und vielen Dank für das gute Essen. Das Lachen und die Tischgesänge der Geburtstagsgesellschaft wiegten ihn tatsächlich in den Schlaf. Diese Riesenwelle, die nicht brach in seinem Traum, war das seine, oder hatte er sie dem Haus zu verdanken, mit dem, was er nun von ihm wusste, und gebaut auf einem Grund, von dem der Sturm und das Meer in jedem Jahr ein wenig nehmen?

Nina betritt den Wintergarten. Sie sieht aus, als wäre sie gelaufen oder schnell gegangen.

»Schon so früh unterwegs?«, sagt sie und setzt sich noch im Mantel zu ihm.

»Kerstin, würden Sie mir einen schwarzen Tee bringen, bitte, einen Darjeeling.«

Sie nimmt die Mütze ab, eine dunkelblaue gestrickte Wollmütze, die gut zu ihren blassblonden Haaren passt. Sie sieht ihn nicht an und sagt: »Wir könnten heute nach Rerik laufen, zum Salzhaff, da war ich ewig schon nicht mehr.« Und als er nicht antwortet, nicht gleich antwortet, nimmt sie seine rechte Hand in ihre beiden Hände, und dann sieht sie ihn doch an: »Ich hatte nicht damit gerechnet, dass du so schnell kommst.«

Anton legt seine freie Hand zuoberst, so wie bei dem Kinderspiel, wo man immer die untere Hand herauszieht und obenauf legt. Ihre Hände sind kalt, und er sieht ihr in die porzellanblauen Augen und sagt:

»Ich eigentlich auch nicht.«

Weiße Nächte

Ich habe seit Jahren nicht mehr mit Jakob in einem Raum geschlafen. Es ist so vertraut, wie wir hier liegen, und gleichzeitig unmöglich für mich einzuschlafen. Für ihn nicht. Er schläft im Bett unter mir tief und fest. Der Zug rattert, und wir fahren durch eine leere polnische Landschaft. Das letzte Licht beleuchtet die weiten Felder und Bauernhöfe, die sich selten zu Dörfern sammeln. Es ist schon fast 23 Uhr. Langsam trinke ich das Bier, das mir der Schaffner verkauft hat.

»Ihr werdet weiße Nächte haben«, hatte Sophie gesagt, Jakobs Frau. Und sie strahlte dabei, als wäre es das Schönste an der geschenkten Reise. Jakob und ich haben unseren vierzigsten Geburtstag gemeinsam in Berlin gefeiert, und wir standen da, mit den selbstgebastelten Gutscheinen in den Händen. Für einen Segeltörn von Gdingen nach St. Petersburg. Jakob sah überrascht und verlegen aus, und ich vermutlich auch.

Jetzt liegt er unter mir im Bett dieses Schlafwagens und seine Miene ist entspannt. Er hat die Hände über der Brust gekreuzt. Sein Gesicht ist flächig, ohne grob zu sein, und seine Haare sind kurz geschnitten, wie eigentlich seit zwanzig Jahren. Hier und da leuchten sie grau, so wie meine eigenen.

Ich kenne Jakob ein halbes Leben. Wir haben gemeinsam begonnen zu studieren 1990 im September.

Jakob konnte ein paar Monate zuvor die zerfallende Nationale Volksarmee verlassen, und ich hätte vermutlich nie einen Medizinstudienplatz bekommen, wenn sich die DDR nicht aufgelöst hätte. Drei Jahre hatte ich als Hilfspfleger in der Psychiatrie meiner Heimatstadt Neubrandenburg gearbeitet und geglaubt, dass ich ein Arzt werden wollte.

Damals im September 1990 betrat ich das Zimmer des Studentenwohnheimes in Berlin-Lichtenberg und Jakob saß an seinem Tisch und blätterte in einem Anatomieatlas. Er trug ein beiges Hemd und sah mich völlig erwartungslos an. Wie jemand, dessen Amtsstube man gerade betritt. Dann stand er auf und begrüßte mich sehr freundlich.

Der Raum war nur ein Schlauch. Vor dem Fenster standen zwei Tische und Stühle nebeneinander und der Blick ging raus über eine Wiese auf den nächsten Betonblock des Studentenwohnheimes. Zimmer 32, Block B. Der Tür gegenüber hing ein Waschbecken und neben unseren Tischen drückte sich ein Doppelstockbett an die Wand. Er unten, ich oben. Ein Jahr lang, so wie jetzt in diesem Zug.

Ich finde leicht das Gesicht des Zwanzigjährigen wieder. Damals hatte er noch keine Brille, so wie jetzt auch im Schlaf, seine Ohren stehen leicht ab und seine Augenbrauen sind so dicht, dass er sie inzwischen schneiden lässt.

Als ich aufwache, ist das Bett unter mir leer. Der Zug steht in Danzig, und es ist heller Morgen. Eine schnarrende unverständliche Bahnhofsansage hat mich geweckt. Jakob steht rauchend draußen auf dem Gang und sieht aus dem Fenster. »Morgen, Alter«, sagt er und ich nicke ihm zu und stelle mich daneben. Der Zug fährt an grauen Häusern vorbei Richtung Gdingen und wir stopfen unsere Sachen in die grünen Seesäcke, die Sophie uns geschenkt hat, an unserem vierzigsten vor ein paar Wochen.

Wir gehen nebeneinander Richtung Hafen. Jakob hat sich vor dem Bahnhof bei einem Polen nach der Richtung erkundigt, und jetzt laufen wir über grobe graue Gehwegplatten und kreuzen Straßen, deren Belag mir zerrissener vorkommt als der in der DDR vor zwanzig Jahren. Wir schweigen. Das konnten wir immer schon gut. Jakob und ich.

Im Hafen ist Volksfeststimmung und die segellosen Masten der Windjammer schwanken leicht. Wir schieben uns langsam durch die Menschenmassen. Jakob entdeckt die »Boltenhagen«. Ein schwarzer schmaler Rumpf, durchzogen von den runden Löchern der Bullaugen. Daneben sind andere Schiffe vertäut, und ich erkenne Reisende aus dem Zug, die sie besteigen so wie Jakob und ich die »Boltenhagen«. Über die kleine Zugbrücke gehen wir, öffnen die Kordel, an der ein Schild hängt mit der Aufschrift: »Crew only.« An der Hafenmole stehen zwei Hochhäuser, grau und schief gezackt, wie von einem Kind entworfen. Ein Plakat bietet Eigentumswohnungen an. Die Schiffe davor sehen aus wie eine Filmkulisse.

Ein Mann mit einem hellblauen T-Shirt, auf dem »Crew« steht, kommt auf uns zu. Er ist klein und glatzköpfig und vielleicht zehn Jahre älter als wir. »Grüß Gott, ich bin der Bernd«, sagt er mit einem starken bayerischen Akzent und dann führt er uns unter Deck. Im hinteren Teil gibt es dort eine Art Essenraum mit mehreren Tischen. Alles ist mit Holz verkleidet, die Sitzbänke sind aus Kunstleder und an den Wänden hängen Bilder von Schiffen und Urkunden, wie in einem Vereinsheim. Wir folgen Bernd durch einen schmalen Schlauch, an dessen Wand Ölzeug in einer Reihe hängt, und darunter stehen Gummistiefel. Bestimmt dreißig Paar. Danach kommt ein etwas breiterer Gang, von dem die Kammern abgehen. Bernd läuft vorweg und zeigt uns Toiletten, Duschen und sagt dann: »Sucht euch ein Bett, die, auf denen keine Klamotten liegen, sind frei.« Er lässt uns stehen. Jakob und ich gehen in die verschiedenen kleinen Kammern, die mit jeweils vier Doppelstockbetten ausgerüstet sind und einem Schrank, der eher aussieht wie ein Regal. »Hier?«, fragt mich Jakob, als wir in der Kammer acht stehen, in der noch drei Betten frei sind. Ich zucke mit den Schultern und nicke. »Eine wie die andere«, sage ich und werfe meinen Seesack auf die obere Pritsche dem Bullauge gegenüber. »Ihr werdet weiße Nächte haben«, höre ich Sophie sagen. Ich lege mich auf das Bett und bin froh, als Jakob sagt: »Ich geh mich mal ein bisschen umgucken.«

Ich gucke durch diesen runden Ausschnitt in das Nichts eines diffusen Lichts. Gedämpfte Stimmen dringen vom Deck zu mir. Das Schiff schwankt kaum und ich weiß nicht mal, ob ich seekrank werde. Nie habe ich mir so eine Reise gewünscht. Über das Meer zu fahren und selber zu segeln. Ich habe auch nicht gewusst, dass Jakob von so einer Reise träumte. Er wird sich oben bekannt machen mit den Mitreisenden, mit der Crew aus Profis und Anfängern, wird Hände schütteln und erzählen, woher wir kommen, wer wir sind. Er wird der Mittelpunkt sein, wenn ich später hinterher gehe und ihn suche, der Mittelpunkt irgendeiner Gruppe.

Jemand betritt die kleine Kammer. Ich stelle mich schlafend und höre, wie Sachen in eins der Regalfächer aus dunklem, altem Holz einsortiert werden. An der Wand gibt es einen Haken für jeden der Touristenmatrosen. Eigentlich gefällt es mir, wenn es sehr reduziert zugeht, einfach, konzentriert. Aber das hier macht mir eher Angst. Es ist stickig hier unten und es riecht nach feuchten Handtüchern und nach Schweiß.

In den letzten Jahren habe ich Jakob seltener gesehen. Ich habe mit meiner Frau ein Haus gekauft an der Rummelsburger Bucht, einem seegroßen Arm der Spree. Ein Investor stellte Häuser mit einem quadratischen Grundriss und vier Etagen hier in das Niemandsland zwischen dem ehemaligen Gefängnis, Industrieruinen und dem Friedrichshain. Ein Wohnviertel entstand ohne jede Struktur, es gibt keine Geschäfte, Schulen, kein Kino, aber in fünf Minuten sind wir mit dem Fahrrad am Ostkreuz und in zehn Minuten in einer der Kneipen rund um den Boxhagener Platz. »Vorstadt fast im Zentrum«, hat Jakob mal gesagt. Mir gibt die Struktur des Hauses Halt. Eine Wohnküche im Erdgeschoss, im ersten Stock haben die beiden Mädchen ihre Zimmer, dann kommen das Bad und unser Schlafzimmer, und ganz oben unter dem Dach habe ich mein Atelier. Wenn am Morgen alle aus dem Haus sind, gehe ich hier hoch und es wird langsam still in mir, und ich kann anfangen zu arbeiten.

Ich habe die ganzen neunziger Jahre mit Jakob verbracht. Er stammt auch aus Mecklenburg, und ich habe mich manchmal gefragt, ob diese gemeinsame Heimat, diese beiden Städte, Neubrandenburg und Anklam, die nur wenige Kilometer voneinander entfernt liegen, unsere Freundschaft beförderte. Eigentlich haben wir uns den anderen ja nicht ausgesucht, sondern irgendein Verwaltungsangestellter, der einen Zimmerbelegungsplan für das Studentenwohnheim in Berlin-Lichtenberg erstellte.

Wir waren beide im falschen Studium. Ich folgte den Spuren meiner Eltern, die in Neubrandenburg beide als Hals-Nasen-Ohren-Ärzte arbeiteten, und Jakob versuchte den Wunschtraum seiner Mutter zu erfüllen. Sie war Krankenschwester in Anklam und sein Vater Elektroinstallateur. Ihr Sohn sollte Arzt werden.

Der Seziersaal und die Leichen, an denen wir im Anatomiekurs herumschneiden mussten, waren nicht das Schlimmste. Auch wenn ich heute noch vor mir sehe, wie einer der Kommilitonen »unserer« Toten, einer dicken Frau von unschätzbarem Alter, die herausgeschnittenen Brustwarzen auf die geschlossenen Augen legt und alle am Seziertisch darüber lachen. Mir fehlt noch immer jede Emotion zu diesem Bild.

Unsere Vorstellungen vom Leben, was es ausmachte und wie es sein sollte, das ließ sich in dem Beruf nicht wiederfinden. Ich habe Fotos gemacht, seit ich zwölf bin. Mit der alten Exakta meines Vaters. Lange habe ich mich nicht getraut auch nur daran zu denken, daraus einen Beruf zu machen. Jakob malte und je größer der Druck des Studiums wurde, desto mehr wichen wir ihm aus und taten eben das, was wir wollten oder mussten.

Als wir in einer Vorlesung saßen und der Professor die Funktion einer Zelle und damit das ganze Leben auf das Öffnen und Schließen der Kalium- und Kalziumkanäle dieser Zelle reduzierte, war für uns das Ende erreicht. Ich kann mich gut an den Abend dieses Tages erinnern. Wir saßen im Prenzlauer Berg in der *Dohle*, der Kneipe, in der Jakob damals arbeitete. Die Wände waren mit bunten Comicfiguren bemalt, und der ganze Laden war bereits hochgestuhlt. Ich mochte das Gewirr aus Stuhlbeinen im Kerzenlicht. Wir saßen zusammen am Tresen, nachts um drei, und tranken eine Flasche Wein nach der anderen. »Kaliumkanal auf, Kalziumkanal zu oder Kalziumkanal zu und Kaliumkanal auf, das ist alles, meine

Herrschaften, das ist das ganze Leben«, sagte Jakob immer wieder, und wir lachten. Er stieg auf den Tresen und tanzte zur Musik, die durch die leere Kneipe dröhnte, und lief den schmalen Tresen entlang wie ein Go-go-Girl. Ich habe dabei ein Foto von ihm gemacht, das immer noch in seiner Küche hängt und auf dem er aussieht, als habe er Feuer gefangen, als würden ihm Flammen über die Schultern schießen. Wenn ich mich daran erinnere, wie wir mit dem Medizinstudium aufhörten und mit einem neuen Leben anfingen, dann denke ich immer an diesen Moment.

Jakob begann Malerei in Weißensee zu studieren, und ich machte beim Lette-Verein die Fotografenausbildung. Wir suchten uns eine Wohnung im Prenzlauer Berg, und auch wenn die Parterre Hinterhof war und auf dem lichtlosen grauen Beton vor unseren Fenstern die Mülltonnen standen, erschien uns das alles wie ein großes Glück, als sei es uns gelungen, die Kalium- und die Kalziumkanäle unserer Zellen gleichzeitig zu öffnen.

Die ganze Mannschaft steht zwischen den beiden großen schwarzen Masten auf dem Deck. Das Holz der schmalen Planken ist abgelaufen und eher grau als braun. Es ist früher Abend, aber die Sonne steht noch hoch und der Himmel ist von einem sommerlichen Blau. Wir stehen in U-Form, in drei Gruppen, und in der Mitte vor uns steht ein weißhaariger Mann mit einem weinroten Einstecktuch im Kragen seines blauen Pullovers. Wir haben uns am Nachmittag in drei Wachen aufgeteilt. Der weißhaarige Kapitän sagt: »Es gibt einen Befehl, den Sie hier gerade ausführen, ohne es zu wissen, der heißt ›All Hands‹. Das heißt, alle, und ich meine wirklich alle, sind dann an Deck und hören auf mein Kommando. Das wird nicht oft vorkommen, aber es wird vorkommen.« Er sah von seinem kleinen Zettel auf, so als hätte er das geprobt. »Sonst werden Sie zweimal vier Stunden Wache haben und in der verbleibenden Zeit können sie schlafen, essen oder tun, was sie sonst so tun wollen. Dann beginnt vermutlich schon ihre nächste Schicht.« Ich stehe mit den Händen in den Taschen da und denke, dass so eine Art von Urlaub für mich eigentlich unmöglich ist. In so einer großen Gruppe und mit den vorgeschriebenen Zeiten, in denen ich an irgendwelchen Tauen ziehen soll, Segel setzen oder am Steuer stehen.

Jakob und ich haben uns für die zweite Wache entschieden. 12 Uhr bis 16 Uhr und dann noch einmal 0 Uhr bis 4 Uhr. Ich musste an die »weißen Nächte« denken und dass wir so davon etwas sehen würden. »Seid ihr Segler?«, fragt uns Tobias, der in meiner Schicht der Toppsgast ist, eine Art Erster Offizier. Er ist zwanzig Jahre alt, noch von einem jungenhaften Aussehen, und man merkt ihm die Unsicherheit an, uns überhaupt anzusprechen. Jede Gruppe hat einen Steuermann, der den Kapitän vertritt, und darauf folgt der Toppsgast. Jakob lacht kauend, sieht erst mich an und dann Tobias. »Nein, wir sind vierzig. Und meine Frau meinte, wie sollten mal wieder ein Abenteuer erleben.« Wir sitzen in der Messe, dem Vereinsheimraum im hinteren Teil des Schiffes. Sechzig Leute, die hier freiwillig ihren Urlaub damit verbringen, die halbe Nacht und den halben Tag ein Schiff zu manövrieren. Die sitzen an vier Tischen dicht an dicht. Ein Essen wie im Ferienlager. Teller mit Tomatenvierteln und Gurkenscheiben. Wurst, Käse, Brot und Metallkannen mit rotem Früchtetee. Man kann sich bei Tobias Cola kaufen oder einen Schokoriegel.

Wir werden den ersten Abend im Hafen von Gdingen verbringen. »Morgen Mittag beginnt die Regatta. Nonstop nach St. Petersburg. Also nutzt diesen Abend noch einmal für ein Landleben. Trinkt noch ein Bier. Das nächste gibt es erst in Petersburg«, hatte der weißhaarige Kapitän gesagt. Es wirkte absolut unnatürlich, dass er uns duzte.

Jakob und ich stehen an Deck, um uns herum viele andere aus der Touristencrew. Tobias ist bei uns, außerdem ein blasses Mädchen, das bisher nur sagte, dass sie als Architektin in Köln arbeitet, und ein Apotheker mit seiner Frau. Sie sind zehn Jahre jünger als wir. Sie sind dick, so wie kleine Kinder dick sind, und sie berühren sich ununterbrochen. Unserem Schiff gegenüber ist ein Bierzelt aufgebaut. »Zywiec«, steht darauf und ein Paar in einer Tracht tanzt auf dem riesigen Etikett. Tobias sammelt die leeren Plastikbecher und Geld ein. Er sieht Jakob an und fragt: »Noch ein Wasser oder vielleicht auch ein

Bier?« »Nein, kein Bier«, sagt Jakob, »ich bin Alkoholiker.«

Er sagt das immer so. Direkt. Wie ein Westernheld. Ich weiß nicht, zum wievielten Mal ich das jetzt höre. Tobias nickt und sagt: »Also ein Wasser.« Die anderen schweigen. Auch ich gucke auf die Planken. Jakob nimmt sich eine Zigarette aus der Schachtel und schlägt mit dem Daumen den Deckel seines Zippos nach hinten. Es ratscht zweimal, und ich kann gut hören, wie das Benzin am Docht Feuer fängt. Jakob zieht den ersten Rauch ein. Rauchen wird er immer, hat er mir mal gesagt. »Wenn ich damit auch noch aufhöre, dann falle ich auseinander.«

Ich habe Jakob vor fünf Jahren nach Flesenow in die Suchtklinik gefahren. Er hatte mich darum gebeten, und ich war froh, etwas für ihn tun zu können. Etwas Direktes. Zur verabredeten Zeit fuhr ich in die Kopenhagener Straße, wo er sich von dem Geld, das er mit seiner Malerei verdient hat, eine Eigentumswohnung gekauft hat. Ende der Neunziger haben sie ihm seine Bilder aus der Hand gerissen. Er saß auf dem Bürgersteig auf seiner Ledertasche und rauchte.

Langsam trat er die Kippe aus, warf die Tasche auf die Rückbank und ließ sich auf den Beifahrersitz fallen. Beim Anschnallen sagte er: »Na, dann wollen wir mal.« Es klang so, als würde er es zu sich sagen. Wir fuhren nach Norden. So wie wir in unserer Studienzeit manchmal zusammen nach Hause gefah-

ren sind. Er nach Anklam, ich nach Neubrandenburg.

Sein Vater hat auch getrunken, hat sich langsam
ins Grab gesoffen, und Jakob erzählte mir immer
wieder, wie seine Mutter ihn als Kind losschickte,
den Vater aus der Kneipe zu holen. Er war damals
acht Jahre alt. Und ging also los, in der Dunkelheit in
Richtung Bahnhof, da saß der Vater mit seinen Kum-
panen.

»Es war schlimm da drinnen. Mein Vater, wie er
da saß. Laut und rotgesichtig. Er hat mich nicht geschlagen oder so. Ganz im Gegenteil, er freute sich,
wenn ich in die Kneipe kam. So wie er sich sonst nie
freute, wenn er mich sah. Ich bekam große Hände
von anderen Männern auf den Kopf gelegt und
irgendwer sagte immer ›Oh, oh, oh, Klaus. Muttern
ruft.‹ Aber mein Vater dachte gar nicht daran, nach
Hause zu gehen und sich mit seiner Frau zu streiten.
Das konnte warten. Er ließ mich auf einem Stuhl
neben sich sitzen, kaufte mir eine Fassbrause oder
Cola und ich sollte an seinem Bier nippen. Ich wollte
nach Hause, ich wollte, dass er mitkommt, und dann
wollte ich in mein Bett und die Decke über den Kopf
ziehen und nichts hören von der schrillen Stimme
meiner Mutter und dem Gebrülle meines Vaters.
Manchmal, und das war das Allerschlimmste,
schickte er mich nach einer Weile einfach wieder
nach Hause. Und ich musste gehen, allein durch die
dunkle leere Bahnhofsstraße und meine Mutter
weinte und schrie dann stattdessen mit mir.«

Daran musste ich denken, als wir durch die ab-gemähten Felder der Prignitz fuhren. Ein hartes Herbstlicht lag über der Landschaft, die Konturen waren überscharf und Jakob sagte: »Ich bin eine Null.«

Ich sah ihn an.

»Nein. Du bist krank.«

»Ach, Mensch. Du kennst mich so lange. Ich habe jeden Tag da oben in meiner Bude eine Flasche Brau-nen weggemacht. Manchmal zwei. Über Jahre. Und dann später schon während der Arbeit eine. Ganz langsam. Da war die Leinwand schon lange nur noch weiß. Und ihr habt das alle gemerkt. Ich habe immer geglaubt, dass ich die Fassade halten kann. Wenn der Unfall nicht gewesen wäre, dann hätte ich weiter ge-soffen.«

Jakob war mit seinem Auto gegen eine Mauer gefahren und dann auf dem aufgeblasenen Airbag eingeschlafen. Danach hatte er einer Entgiftung im Krankenhaus zugestimmt, und nun sollte die Ent-ziehungskur in der Suchtklinik folgen.

»Du hattest keine leichte Zeit, Jakob. Deine Be-ziehung war im Eimer. Du hast kaum noch Bilder verkauft. Was weiß ich? Dann dein Vater. Was soll ich da sagen?«

Ich konnte ihn nicht ansehen. Ihm liefen Tränen über die Wangen und seine linke Hand, die auf sei-nen Knien lag, zitterte leicht. Aber noch schlimmer war es, ihm vom Parkplatz aus nachzusehen, wie er in dem weißen Gebäude am Ufer des Flesenowsees verschwand. Mit hochgezogenen Schultern und ohne sich umzudrehen.

Als er nach ein paar Wochen wieder in Berlin war, kam er mit dem Fahrrad zu uns rausgefahren. Er sah gut aus. Gesund. Er lief durch das Haus und sah mit mir im Abendlicht von der Dachterrasse über die Bucht, die still unter uns lag. Das langsam anwachsende Viertel um uns herum, mit den großen Unkrautbrachen an den Rändern. In der Ferne der alte gelbe Backsteinbau einer Fabrik. »Schön«, sagte er lachend, »aber ich würde hier verrückt werden.« Er bewundere mich und mein Leben, sagte er. Meine Ehe mit Bettina, die Kinder und das Haus. »Das habe ich alles nicht hinbekommen«, sagte er. »Da habe ich viel drüber nachgedacht in Flesenow.« Er sah sich ein paar Arbeiten von mir an, die ich für eine Werbeagentur ein paar Wochen vorher in Vietnam gemacht hatte.

Später fuhren wir mit den Rädern nach Mitte, in die *Karlsbar* in der Auguststraße, und setzten uns an den langen geschwungenen Tresen. Hier haben wir in den letzten zwanzig Jahren immer wieder gesessen und geredet. Getrunken und geredet. Das war immer eins.

Jakob rief der Bedienung zu: »Jule, mach mal zwei Gin Tonic«, und dann sagte er in mein erstauntes Gesicht. »Du trinkst ganz normal, wie immer. Ich muss einfach nur davor sitzen bleiben. Darf ihn nicht anrühren. Mein Lieblingsgetränk. Das ist Teil der Therapie. In der Klapper habe ich das schon ein paar Stunden gemacht. Ganz allein. Nur ich und der

Drink. Da hat es geklappt. Jetzt also in freier Wild-
bahn.« Jule stellt die beschlagenen Gläser mit der
Zitronenscheibe am Rand vor uns hin und sagte:
»Wohl bekomm's.«

Ich redete ununterbrochen. Kramte Geschichten
aus meinem Gedächtnis, ging zurück bis nach Lich-
tenberg in das Wohnheim, wo wir uns getroffen
hatten. »Weißt du noch?«, Jakob schob ab und zu
das Glas von links nach rechts. Drehte es gedanken-
verloren mit der Hand. Mir war, als müsste ich ihn
über diesen Abend reden. Als würde er sofort anfangen zu trinken, wenn ich schwieg. Jule stellte mir
nach einer Weile den dritten Gin Tonic hin. Sie sah
Jakob an und dann auf das Glas, das unberührt vor
ihm stand. »Was ist mit dir? Schmeckt der nicht oder
soll ich dir noch mal Eis reinmachen?« Jakob legte
die Hände vor der Brust zusammen und sagte: »Ich
bin Alkoholiker, Jule. Das ist hier nur ein Test. Ich
will sehen, ob ich das aushalte mit euch.«

Was ist schön daran, wenn es nicht dunkel wird?
Wenn es nicht dämmert und sich ein Ende ankündigt? Ich weiß es nicht. Es hat etwas Gnadenloses.
Als wir um Mitternacht die Wache begonnen haben,
war es noch taghell. Die »Boltenhagen« liegt allein
auf der mattschwarzen Ostsee. Wir sind die letzten.
Die anderen Windjammer sind längst außer Sicht-
weite. Zu schwer sei die »Boltenhagen«, bei zu wenig Segelfläche, hat der Kapitän gesagt. Aber es gehe
uns allen ja um etwas anderes.

Wir haben keinen Handyempfang mehr, schon seit drei Tagen. Seitdem wir Gdingen verlassen haben. Dass das möglich ist, mitten in Europa, hätte ich gar nicht gedacht. Mir fehlen Bettinas kleine Nachrichten über sie und die Mädchen. »Marlene hat ihren Zahn verloren«, hatte sie mir in der ersten Nacht an Bord geschrieben. »Der liegt jetzt unter dem Kopfkissen und wartet auf die Zahnfee. Und Ada fragte, ob du schon das Deck schrubben musstest.« Das wüsste ich gern. Was sie machen, wie es ihnen geht. Unter all den Menschen hier komme ich mir so allein vor. Ich steh vorn an Deck am Ausguck mit einem Fernglas um den Hals und muss dem Steuermann alles melden, was vor uns im Wasser liegt. Andere Schiffe, Inseln oder schwimmender Unrat. Bernd steht mit Jakob hinten am Steuer, einem großen Rad wie auf einem Piratenschiff. Die anderen sechzehn unserer Wache lungern herum oder lassen sich irgendetwas erklären. Der Rest der Crew schläft.

Vor mir sticht schräg der Klüverbaummast segellos in den Nachthimmel. Es ist immer noch nicht dunkel, obwohl es schon zwei Uhr nachts ist. Die Tage gleichen sich sehr. Wir sind ständig müde und die Steuermänner und Toppgasten versuchen uns das Segeln beizubringen. Die beiden großen Masten haben fünf Rahensegel und dann gibt es noch ein Segel, das quer nach hinten zeigt über das Heck hinaus. Bernd, der Bayer, der Jakob und mich eingewiesen hat, ist unser Steuermann. Er verändert sich komplett, wenn er den Gurt anlegt. Jeder trägt hier während der Wache so einen Riemen um Beine, Hüfte und Schultern. Vorn ist ein Karabinerhaken dran, mit dem man sich festhaken kann, wenn wir die Rigg hochklettern, um die Segel zu setzen oder zu packen. Auf Bernds Gurt steht mit roter Schrift sein Name gestickt. Er bellt die Befehle, und wir halten uns vier Stunden daran, was er sagt. Die Hälfte unserer Crew versteht etwas vom Segeln. Wir anderen laufen meistens hinterher. Es ist erstaunlich, dass man so ein Schiff segeln kann.

Gestern Nachmittag stand ich zum ersten Mal mit Jakob an der Royal am Großmast. Also ganz oben. Am kleinsten der fünf Segel. Wir sind die Rigg hochgeklettert, ein immer schmaler werdendes Strickleitersystem an der Außenseite des Schiffes. Ich habe nicht mehr nach unten geguckt, hatte nur noch die Seile im Blick, bis wir oben waren.

Dann sind wir auf das Fußpferd der Royal gegangen. Auf das dünne Metallseil, das unter den querhängenden Masten gespannt ist. Man kann sich eigentlich nur zusammen bewegen und das Seil schaukelt ständig hin und her. Wir waren mit dem Gurt festgehakt, aber mein Magen war trotzdem bleischwer. »Guck mal«, sagte Jakob und deutete versonnen nach vorn, als wir die Schlaufen aufgebunden hatten und das Segeltuch nach unten gefallen war. Vor uns war nichts als Wasser. Nur Horizont, nichts, woran sich mein Blick festhalten konnte. Wir lehnten mit den Armen auf der hölzernen Rahe und die Füße stemmten sich in das schwankende Seil.

Und dann sah ich das Deck unter uns, winzig klein. Ich weiß nicht, was das Schlimmste war. Die Weite des Meeres, die Höhe, in der wir hingen, oder diese Nussschale von Schiff unter mir. Mein Magen drohte sich zu drehen. Ich starrte wieder auf meine Hände vor mir und dann ging ich langsam den Weg zurück. Als ich wieder unten war, dachte ich, dass ich das nicht noch einmal tun werde. Das Schaukeln in den Knien blieb mir noch für Stunden.

Das Ganze ist nicht meine Welt. Ich glaube, Jakob gefällt es besser. Wir lesen oder spielen Karten in unserer Freizeit und eigentlich wartet man die ganze Zeit wieder auf die nächste Wache.

Jakob hatte zwei Rückfälle. Einen nach zwei Jahren und ein Jahr später dann noch einen. Da war er schon mit Sophie zusammen. »Das ist die Frau meines Lebens«, hatte er gesagt. »Das muss ich schaffen, ich darf das nicht versauen. So eine Chance kommt vielleicht nicht noch einmal.« Sie lebten inzwischen zusammen. Sophie arbeitete als Lehrerin in einem Gymnasium. Ich mochte sie auch, aber ich habe mich von Anfang an gefragt, wie lange das gutgeht.

Sophie hat Jakob damals gefunden. Er hat eine Woche gesoffen am Stück, ist nicht mehr nach Hause gekommen und hat sich auch nicht mehr in seinem Atelier blicken lassen. Sie fand ihn auf einer Bank des St. Elisabeth-Friedhofs. Es sei Zufall gewesen, hatte sie gesagt. Ziellos sei sie mit dem Fahrrad herumgefahren und da lag er. »Ich habe geschlafen. Mit vollgepisster Hose lag ich da an einem frisch ausgehobenen Grab. Es hätte wohl nicht viel gefehlt und ich hätte mich da reingelegt.«

Es folgten wieder Entgiftung und die Suchtklinik Flesenow. Und Sophie beendete jede Form der Rücksichtnahme. Es standen jetzt wieder angebrochene Weißweinflaschen in seinem Kühlschrank und Sophie trank, wann sie Lust hatte. »Es ist richtig so«, sagte Jakob. »Aber ich schlaf dann auf dem Sofa. Ich kann das nicht riechen.« Wir saßen in der Karlsbar. Jakob mochte es dort immer noch, auch wenn er jetzt nur noch Apfelsaft trank. Ich ging mit ihm lieber woandershin, dorthin, wo uns niemand kannte. »Wirst du das denn schaffen dieses Mal, Jakob?«

»Ich weiß nicht, ob das überhaupt zu schaffen ist. Wir wünschen uns immer, dass etwas endgültig ist. Wie oft lese ich das in der Zeitung oder sehe es im Fernsehen. XY, ehemaliger Alkoholiker. Ehemaliger Alkoholiker, das ist totaler Quatsch. In den Selbsthilfegruppen habe ich Leute getroffen, die nach fünfundzwanzig Jahren wieder angefangen haben. Einfach so. Oder auch, dass es nur eine Frage des Willens ist. Heute ist mein Wille stark, aber was ist mit morgen? Wenn meine Malerei endgültig den Bach runter geht? Wenn Sophie jemanden trifft, mit dem es leichter ist. Mit dem sie einfach mal 'ne Flasche Wein trinken kann. Was ist dann?«

Er saß da auf einem Barhocker und schlug den Filter seiner Zigarette auf den Tresen. Ich hätte ihm gern etwas Aufmunterndes gesagt. Etwas, das endgültig ist.

Es ist still und dunkel. Absolut dunkel. Scheiß auf die weißen Nächte. Ich sitze hier schön in der Dosenlast. Dosenlast, was für ein Wort. Diese Segelblödies haben für alles ein eigenes Wort. Damit ist so eine Art Keller gemeint, ganz unten im Schiff. Man kann hier nur gebückt stehen oder eben sitzen, an eines der Regale gelehnt. Alles ist voll mit Dosen, Flaschen und Kartons. Die Flasche Wodka auf meinen Knien ist zur Hälfte leer. Das fühle ich, dazu brauche ich kein Licht.

Jakob schläft. Wie ein Murmeltier schläft der und die anderen aus meiner Wache schlafen auch. Ich bin nach einer halben Stunde wieder aufgestanden. Alles war ruhig, es war ja erst halb fünf am Morgen. Ich habe mir noch den Schlüssel in der Kombüse geholt und dann bin ich hier runter. Vorsichtig, so dass mich keiner aus der diensthabenden Wache sieht.

Den ganzen Vormittag habe ich in der Kombüse gearbeitet. Die liegt am Heck des Schiffes über der Messe, wo wir immer essen. Jochen arbeitet da, der Smut. Ein dicker Kerl ist das, mit einer Glatze und einem roten Tuch darum. Er arbeitet hier von morgens 8 Uhr bis abends 21 Uhr und hat immer zwei Gehilfen aus der Crew. Backschaft nennt sich das. Backschaft.

Heute waren ich und Anja dran, die blasse Architektin aus Köln. Sie war noch blasser heute, weil sie seekrank ist, so wie ein Drittel der Mannschaft. Wenn ich morgens von meinem Bett aus auf das Wasser sehe, wie es in den Vorsprung des Bullauges hineinschießt, wenn sich das Schiff senkt und das Wasser eine Drehbewegung macht wie in der Waschmaschine und wieder rausläuft, wenn der Bug sich hebt, dann wird mir jeden Morgen übel. Ließe ich mich in dieses Gefühl, in die rotierende Bewegung des Wassers fallen, würde ich auch den ganzen Tag kotzen, da bin ich sicher. Ich konzentriere mich dann auf meinen Atem und schließe die Augen.

Der Wodka ist pisswarm. Er schmeckt ölig und eigentlich mochte ich Wodka noch nie. Jochen und ich haben ein paar Witze gerissen, wenn Anja raus ist und über die Reling gekotzt hat. Hinten, dort wo der Müll in blauen Säcken liegt, die fest vertäut sind, damit sie nicht ins Meer fliegen. Und irgendwann schob er mir seine Colaflasche rüber und sagte: »Nimm mal 'nen Lütten.« Das war Cola-Rum. Ich habe mich die ganzen Tage noch nicht so wohl gefühlt wie in der Kombüse. Ich habe abgewaschen, Teller aufgetragen und Gemüse geschnitten. Und irgendwann hat mich Jochen hier runter geschickt, um geschälte Tomaten zu holen. Ich habe den Wodka sofort gesehen. Zehn Flaschen in einer Ecke. Wird schon keiner merken, wenn eine fehlt. Die trinke ich heute aus. Ist ja nur 'ne kleine. Und in zwei Tagen sind wir sowieso in Petersburg. Dann ist es vorbei.

Ich habe nie so gesoffen wie Jakob. Bei mir gibt es immer Pausen. Drei, vier Tage, manchmal eine ganze

Woche, und im Urlaub trinke ich auch mal gar nichts. Da lass ich Bettina alleine trinken und bleib beim Wasser. Nie habe ich auch nur einen Auftrag nicht erfüllt, weil ich besoffen war. Aber manchmal, da brauche ich das eben. Auch zu Hause, wenn Bettina und die Mädchen schlafen. Wenn es leise ist um mich und leer. Und ich alleine bin, obwohl das Haus voller Menschen ist. Dann schleiche ich von Bett zu Bett, um zu hören, ob sie alle noch atmen. Am liebsten würde ich sie schütteln, bis sie wach sind. Ich weiß dann, dass ich nicht schlafen kann. Also lege ich mich gar nicht erst hin, sondern bleibe im Atelier und trinke. Das habe ich schon als Kind gehabt, dass der Abend nicht enden sollte, weil ich Angst hatte vor dem nächsten Tag. Eine Scheißangst, vor was eigentlich?

Davor, dass alles kippt. Alles. Aber da konnte ich ja noch nicht trinken. So viel trinken, dass ich bettschwer werde. Jetzt kann ich das und dann lösche ich sie aus, so eine Nacht. Dann werden meine Nächte weiß und so hell, dass alles verschwindet und ich nichts mehr sehe. Nichts mehr.

Im Dunkeln

Er sah mich an. Ich nickte und sagte: »Ja, glaube ich auch.« Er hielt mir einen Geldschein unter die Nase und wedelte damit: »Du hörst mir nicht zu, Deutscher.« Sein Gesicht war kantig, die Haut glatt, ein wenig aufgedunsen. Die Augen klein und tiefliegend, wie Seen in einem Bergmassiv. Er hielt den Geldschein zwischen seinen riesigen Pranken direkt vor mein Gesicht. Ich sah ein Flugzeug darauf, einer heutigen Cessna nicht unähnlich, und weit unter ihm Europa, jedenfalls das, was wir dafür halten. Denn wie mir in diesem merkwürdigen Land erklärt wurde, liegt der Mittelpunkt Europas – das Herz, wie sie sagen – hier in Litauen.

Hier hatte sie mich eingeholt, die sprichwörtliche osteuropäische Trinkfreudigkeit. Nicht in Krakau, nicht in Kattowitz, Breslau oder Warschau. Nein, in Juodkrante, dem einzigen Ort, der auf der Reise nicht eingeplant war. Ich hatte in den letzten Stunden mit Antanas, wie mein Gegenüber hieß, Wodka in die Blumenvase gegossen, in Reste von Bier und Saft, die in halbvollen Gläsern auf dem Tisch verteilt waren. Hatte das Glas zwischen meine Beine geleert, wo der Schnaps klebrige Pfützen bildete, zusammen mit dem Ostseesand, der noch an meinen Schuhen klebte. Es hatte nichts genützt. Ich war betrunken, vollkommen, und er, der mir gegenübersaß mit dem muskulösen Körper eines Schwergewichtlers, über den sich sein schwarzes T-Shirt spannte, er, der ein Vielfaches von dem getrunken hatte, was tatsächlich in meinem Magen gelandet war, sah mich an, mit festem Blick, und der Geldschein zwischen seinen Händen zitterte nur leicht. »Ich habe dich gefragt, ob du sie kennst, Deutscher. Aber du kennst sie nicht, Darius und Girenas.« Er drehte den Schein um, und vor meinen Augen waren jetzt zwei Männer in Uniform. Allerdings standen sie auf dem Kopf. Sie sahen aus wie Schaffner.

Meine Firma hatte in mehreren Hotels in Osteuropa Heizungsanlagen gebaut und jedem eine kostenlose Wartung nach einem Jahr spendiert. Wohl wissend, dass da nicht viel zu warten war, nach einem Jahr. Und so bin ich durch Polen gefahren und dann nach Vilnius. Der hässliche Betonkasten dem Bahnhof gegenüber sollte das letzte Hotel auf meiner Reise sein. Der Bahnhof in Vilnius war vernagelt, die riesige Schalterhalle mit Brettern versperrt, und man gelangte durch unterirdische Gänge, wo Kioske und kleine Läden dicht nebeneinanderstanden, in denen alles Mögliche verkauft wurde, nach draußen. Vilnius soll schön sein, ich kann das nicht beurteilen, ich habe kaum etwas davon gesehen.

Denn als ich um sechs Uhr auf den Bahnhofsvorplatz trat, regnete es so stark, dass ich nach der kurzen Zeit, die ich brauchte, um mich zu orientieren, völlig durchnässt war. Das Zimmer, in dem ich untergebracht war, entsprach in keinem Fall der Noblesse der Hotellobby. Es war klein und heruntergekommen, und das Fenster ließ sich nicht schließen. Es zog wie Hechtsuppe, als ich in dem kleinen Bett einschlief, und da es immer noch regnete, als ich gegen Mittag wieder erwachte, beschloss ich, ans Meer zu fahren. Ich hatte von der Schönheit der Kurischen Nehrung gehört, und ich war müde nach den Tagen und Nächten in Städten, die ich nie richtig kennenlernte und in denen ich eigentlich nichts zu tun hatte, außer an ein paar Ventilen zu drehen und zu sagen, dass alles in Ordnung sei. Es war Sonnabend, und die Vorstellung, meine Zeit bis Montagmorgen im Hotel zu verbringen, gefiel mir nicht.

Der Mietwagen, den ich bekam, war ein alter blauer Mazda, aber er hatte wenigstens Schlafaugen, und ich erinnerte mich, dass die *Matchbox* meiner Kindheit am wertvollsten waren, die diese ausklappbaren Lichter hatten. Also fuhr ich die 300 Kilometer Richtung Klaipeda und machte ab und zu das Licht an. Die Lampen klappten krachend auf oder zu. Das war nicht so elegant wie bei den Spielzeugautos, aber es freute mich trotzdem. Die Autobahn war bevölkert im wahrsten Sinne des Wortes. Es wurden Getränke am Rand verkauft, und alte Leute mit Krückstöcken entwickelten eine nicht geglaubte Geschwindigkeit, um kurz vor mir die Fahrbahn zu überqueren. Als mir ein kleiner Junge mit einem Fahrrad auf dem Grasstreifen neben der Überholspur entgegenkam, beschloss ich, mich dieser Lässigkeit anzupassen und die Geschwindigkeitsbegrenzung zu ignorieren. Drei Stunden später stand ich an der Fähre von Klaipeda.

Die Kurische Nehrung spannt sich kilometerlang wie ein Bogen vor der Ostseeküste. Sie beginnt östlich von Kaliningrad, ist also zur Hälfte russisch, und geht dann weiter bis nach Klaipeda in Litauen. Aber eben nicht ganz. Es fehlen vielleicht dreihundert Meter, die Halbinsel endet einfach dort im Meer und zwingt einen so, in Klaipeda auf eine kleine Fähre zu warten, die Autos und Fußgänger halbstündig übersetzt.

Speichergebäude aus rotem Backstein standen am Wasser, ein paar neongrüne Taxen und die unvermeidlichen Kioske, drei nebeneinander, die alle das Gleiche verkauften. Getränke, Zigaretten, Süßigkeiten und ein paar lokale Zeitungen. Die Fähre brachte mich rüber, und die Möwen begleiteten die Fahrt in Armlänge entfernt, manchmal fast in der Luft stehend, um die Keksstücke zu fangen, die ihnen Kinder zuwarfen.

Die Kurische Nehrung ist nur ein paar hundert Meter breit, und ich hatte von den schönen breiten Stränden und den Wanderdünen gehört. Aber die sollten bei Nida sein, einem Ort kurz vor der russischen Grenze. Es wurde langsam dunkel, und als ich die Sonne, die während meiner Fahrt doch noch zum Vorschein gekommen war, hinter den Bäumen auf der Meeresseite verschwinden sah, parkte ich das Auto in Juodkrante und lief durch den Wald zum Wasser. Nach ein paar Minuten lag vor mir ein kilometerlanger, leerer weißer Strand. Es war hier fast enttäuschend, nicht viel anders als an der deutschen

Ostsee, und die Dünen nicht der Rede wert. Aber ich setzte mich trotzdem in den feuchten Sand, rauchte eine Zigarette und sah den Wellen zu, die sich an einem riesigen Stück Metall, vielleicht dem Teil eines Schiffes, brachen. Den Rest der Insel nahm ich mir für den nächsten Tag vor.

Als es dunkel wurde, ging ich zurück und mietete mich in einer kleinen Pension ein. Juodkrante bestand aus ein paar schönen alten Holzhäusern, verschiedenfarbig gestrichen, und zwei, drei großen Hotels. So habe ich Antanas kennengelernt. Ich bin runter in das kleine Restaurant gegangen, in dem nur wenige Gäste waren. Am Nachbartisch saß er mit einer schönen jungen Frau, seiner Frau, wie ich später erfuhr, den Müttern der beiden und zwei jungen Männern. Antanas und seine Frau hatten am Tag zuvor in dem Restaurant ihre Hochzeit gefeiert, was die vielen goldenen Pappherzen erklärte, die unter der Decke hingen. An diesem Abend trafen sie sich nur noch einmal, um im kleinen Rahmen die Reste zu vertilgen. Sie taten das gründlich. Zogen aus den mitgebrachten Plastiktüten litauischen Wodka und Sekt und tranken beides im Wechsel, in einer Geschwindigkeit, wie ich es noch nie gesehen hatte. Ich aß, und als irgendwann dieser riesige Kerl vor mir stand und mir ein Glas Wodka eingoss, erklärte ich ihm auf Englisch, dass ich heute Nacht noch nach Vilnius fahren müsse. Er deutete mit der Flasche auf das Glas und sagte: »Drink, driver, it helps!« Mit einem Gesicht, das keinen Widerspruch duldete.

Also trank ich, saß bald darauf an ihrem Tisch, wurde den Müttern vorgestellt, tanzte mit Antanas' Frau, sah zu, wie sie Gläser auf den Fußboden warfen, sich küssten und ansahen wie in einem Hollywoodfilm. Ich verpasste den Absprung und blieb so also sitzen, mit Antanas. Vor dem Fenster, über dem Boddenwasser, wurde es schon grau, und er erzählte mir von zwei Piloten, mit einem Ernst, dass ich wirklich versuchte, ihm trotz meines Zustands zuzuhören.

»Sie sind Helden, Deutscher, litauische Helden, und meine ganz besonders. Mein Großvater hat mir vermutlich schon an der Wiege von ihnen erzählt. Er stand nämlich am 17. Juli 1933 nachts in Kaunas auf dem Flughafen, mit 25 000 anderen Litauern. Aber das ist das Ende der Geschichte. Darius und Girenas sind ausgewandert, von Litauen ins Gelobte Land, nach Amerika, Anfang des letzten Jahrhunderts. Sie haben sich dort ein Flugzeug gekauft, es *Litauen* getauft mit einer Flasche Sekt, die gegen den Propeller geknallt wurde, wie es sich gehört. Und dann sind sie am 15. Juli 1933 um 3 Uhr nachmittags von New York abgeflogen, mit nichts als einer Karte und einem Kompass, für weitere technische Geräte hatten sie kein Geld. Sie sind als erste Litauer über den Atlantik geflogen. Und sie sind rübergekommen, und sie wären auch bis nach Kaunas gekommen, Deutscher, wo mein Großvater stand und wartete, wenn ihr sie nicht abgeschossen hättet, in Kuhdamm, heute Pszczelnik, in der Nähe von Soldin, heute Myślibórz, 130 Kilometer nordöstlich von Berlin, heute immer noch Berlin. Nur weil sie über ein Konzentrationslager geflogen sind und ihr Angst hattet, dass sie das der ganzen Welt erzählen könnten.«

Ich hatte auf meiner Fahrt die ehemalige Festungsstadt Breslau gesehen, war an Auschwitz vorbeigefahren und hatte mir in Warschau eine Fotoausstellung von der Stadt direkt nach dem Krieg angesehen, das heißt, wenn man die Ansammlung von Steinen, Schutt und Asche, die die Wehrmacht übriggelassen hatte, noch als Stadt bezeichnen konnte. Und jetzt saß ich betrunken einem betrunkenen Litauer gegenüber, der mir erzählte, dass selbst diese beiden Freaks, die mit nichts weiter als einem Kompass über den Atlantik geflogen waren, auch auf unser Konto gingen.

Wir sahen beide aus dem Fenster über die Straße und den Bodden dem grauenden Morgen entgegen, und irgendwann sagte Antanas: »Komm, André, wir gehen.« Ich wusste nicht, wohin, aber ich stolperte ihm hinterher, wohl auch, weil ich froh war, dass er wieder meinen Namen benutzte und nicht mehr meine Nationalität. Er stieg sehr selbstverständlich in meinen Leihwagen, ließ die Schlafaugen rauskrachen und fuhr mit mir los, Richtung Nida. Er stoppte das Auto nach wenigen Kilometern. Wir standen direkt vor den riesigen Dünen, die sich wie eine Wüstenlandschaft vor uns ausbreiteten. »Deswegen bist du doch hergekommen, oder?« Ich nickte, und er zündete sich eine Zigarette an, sah zu mir und sagte: »Als ich älter war, habe ich alles über Darius und Girenas gelesen, was ich finden konnte. Weißt du, es ist, glaube ich, eine Legende. Sie sind ohne die nötigen amtlichen Papiere in New York abgeflogen. Sie wussten, dass der Wetterbericht schlecht war, aber sie hatten schon seit Wochen gewartet in New York, um endlich losfliegen zu können. Sie sind einfach los. Schon über England mussten sie nach Nordschottland ausweichen, weil sie sonst in ein Gewitter gekommen wären. Dann sind sie über die Nordsee tatsächlich nach Deutschland geflogen. Wohl wirklich auch über ein Konzentrationslager. Aber sie sind noch ein ganzes Stück weitergekommen, und sie waren seit 37 Stunden und 11 Minuten unterwegs, 6411 Kilometer lagen hinter ihnen. Sie haben die Baumkronen bei Kuhdamm rasiert, und es ist nie ein Beweis dafür gefunden worden, dass sie wirklich abgeschossen wurden. Vielleicht gab es auch technische Probleme, oder sie sind einfach eingeschlafen. Wir mögen Helden hier, tragische Helden besonders. Bei der Beerdigung, zwei Tage später, waren doppelt so viele Menschen da wie auf dem Flughafen in Kaunas. Deshalb sind die beiden heute noch auf unserem 10-Lit-Schein.«

Er stieg aus und ging in die irrwitzige Dünenlandschaft, ich sah vom Auto aus seinen Kopf über den Sandhügeln auf und ab schwanken wie eine Boje. Ich weiß nicht, warum es mich freute, dass diese zwei wohl doch nicht von Deutschen abgeschossen wurden, ausgerechnet diese beiden litauischen Piloten, aber es freute mich.

Der Stand der Dinge

Johanna ging gern. Sie zog die Tür hinter sich zu und lief die Treppen runter. Dabei hörte sie die beiden oben im dritten Stock lärmen und fragte sich, wie jedes Mal, wenn sie ging, wie lange die wohl noch so spielen würden. Aber eigentlich wollte sie ja eben das gar nicht wissen. Sie sollten in ihrer Erinnerung immer weiter singen: »Ain't no sunshine when she's gone.«

Karl sang laut und klar. Seine Stimme klang warm und fremd, seine Bühnenstimme, und nie würde sie sich daran gewöhnen. Immer konnte er sie damit verwirren. Denn auch er war froh, dass sie ging, da war sie sicher.

Er sang für Helene, wie er es immer tat, wenn Johanna über Nacht wegblieb. Ihre Tochter hatte vor sich auf dem Küchentisch ein Schlagzeug aus umgedrehten Töpfen, Tassen und Müslischalen aufgebaut. Sie schlug mit zwei Holzkellen darauf ein, und ihr weißblonder lockiger Pferdeschwanz, der unter einem Piratenkopftuch hervorguckte, wippte leicht. Johannas letzter Blick hatte ihr gegolten, wie sie da saß und begeistert sang: »Ey no Sandstein …«

Dann war sie aus der Tür gegangen und hatte gehofft, dass Helene das noch lange nicht merken würde, was sie da sang. So wie sie mit ihren fünf Jahren auch immer noch Ladenschub statt Schublade sagte. Johanna verbesserte das nie und war glücklich, jedes Mal, es zu hören.

Sie war froh, eine Pause zu bekommen. Eine Pause vor allem von Karl, aber auch vom ständigen Takt der Familie. Karl würde wer weiß was machen, wenn Helene im Kindergarten war. Kaffee trinken, Zigaretten rauchen, rumlaufen mit dem Hund, Leute treffen. Sie würde ihn einmal nicht vor dem Computer finden wie sonst, wenn sie abends nach Hause kam und Helene längst schlief.

Johanna ging auf einem huckelig gefrorenen Bürgersteig die Reihe der parkenden Autos ab, bis zu ihrem knallroten Mercedes A-Klasse. Es hatte nicht geschneit in der Nacht, und so leuchtete das Rot glänzend, die weißen Kochmützen auf der Motorhaube, die ein bisschen aussahen wie Kronen, und auch der Schriftzug *Queens Kitchen* waren gut zu sehen. »Zicken-Benz« nannte Karl ihr Dienstauto, und Helene nannte es genauso, selbstverständlich, als wenn es die korrekte Typenbezeichnung wäre. »Nehmen wir den Zickenbenz, Mama?« Johanna war froh, dass sie es auch privat nutzen konnten. Seit Karl seinen Kombi verkauft hatte, wurden seine Bemerkungen über das Auto bissiger.

»Ein Abendessen auf Hiddensee. Das ist doch was für dich«, hatte Nora, ihre Chefin, gesagt, als sie Johanna den Auftrag gab. Das passierte immer wieder, dass sich jemand etwas kochen ließ und eigentlich gar keine Gäste hatte. Die meisten Angestellten von *Queens Kitchen* mochten das nicht, weil man immer das Gefühl hatte zu stören. Aber Johanna gefiel das

Begleiten einer Zweisamkeit. In einer fremden Küche arbeiten und dann ab und zu rübergehen in das Wohnzimmer und für einen Moment in einem fremden Leben sein. Gesprächsfetzen hören und Rätselraten später mit Karl über diese Leute, diesen Abend. Ein Rendezvous oder ein Hochzeitstag.

Aber auf Hiddensee? Einheimische konnten das nicht sein. Nora hatte ihr die Auftragsmail weitergeleitet. Eine Beschreibung der Küche, Cerankochfeld und elektrischer Backofen mit Oberhitze. Und die genaue Menüvorstellung. Geschmorter Ochsenschwanz, Zitronenspeise und bitte einen großen Salat. Ein Zimmer in der Pension *Nordwind* in Vitte sei bestellt. Und es waren drei Personen.

Johanna fuhr durch die Nebenstraßen Pankows, in deren Mitte eine dicke Eisschicht lag. Ein harter grauer Panzer. Man konnte kaum an die Seite fahren, wenn einem ein Auto begegnete, fuhr wie auf Schienen. Sie erinnerte sich nicht daran, so etwas in Berlin schon einmal gesehen zu haben. Seit Wochen waren die Temperaturen weit unter Null. Aber die zweispurige Prenzlauer Promenade war eisfrei und glänzte schwarz und verheißungsvoll, führte vorbei an Tankstellen, die gelb leuchteten, blau und rot. Das Dach des alten Eisenbahnumspannwerks neben der Straße mit den vielen eingeworfenen Scheiben sah aus wie ein großes Zirkuszelt unter einer Schneehaube. Dann ging die Straße fast unmerklich in die Autobahn über, und Johanna gab Gas.

Die Schneedecke, die über der Landschaft lag,

wurde immer dicker, je weiter sie nach Norden kam. Hing wie eine Schwarte bis über den Standstreifen der Autobahn, die mit Salz eisfrei gemacht worden war. Wenn sie mit Karl die Strecke fuhr auf dem Weg nach Hiddensee, jedes Jahr im Mai, immer nach den Eisheiligen, dann waren die Rapsfelder gerade am Verblühen. Es zog schon ein Grün in die leuchtend gelbe Fläche, das die Pracht ganz zerstören würde ein paar Tage später. Aber auf der Hinfahrt war es immer noch da, und es gab eine Stelle an der Autobahn in der Nähe von Pasewalk, dort fuhr man tatsächlich wie durch ein riesiges Rapsfeld. Gelb in alle Richtungen, bis zum Horizont. Johanna stellte sich das vor, wie sie im Auto sitzen würde, im T-Shirt, neben Karl, und Helene saß hinten rechts. Ob es im nächsten Frühjahr wieder einen Kombi gibt?

In ihrer Kindheit war Johanna nie auf Hiddensee gewesen. »Das lag vor der Haustür und ihr seid da nie hin«, hatte Karl mehr als einmal gesagt. »Meine Eltern haben immer den Sommer im Garten verbracht, immer, jedes Jahr. Die sind nie weggekommen aus Parchim. Die wollten das gar nicht. Und der erste Freund, den ich hatte, der wollte nur ins Elbsandsteingebirge«, hatte sie geantwortet.

Johanna erinnerte sich gern daran, wie sie mit Karl auf dem Fahrrad von Berlin aus losgefahren war, da kannten sie sich erst zwei Wochen. An der Feldberger Seenplatte hatten sie wild gezeltet, und eigentlich wollten sie nach Rügen. Aber dann sind sie noch auf

dem Rügendamm umgedreht und mit der Abend-
fähre von Stralsund rüber nach Hiddensee. Da gab es
das Hotel Freese in Neuendorf noch. Sie sind direkt
da hinein und haben viel Bier aus den großen dick-
wandigen Gläsern getrunken und getanzt bis nach
Mitternacht und dann war es plötzlich vorbei. Das
Licht wurde angedreht mit einer unerbittlichen Här-
te. Sie sind rausgetaumelt und haben am Strand geschlafen. Der Regen kam in der Nacht, und sie lagen
aneinander in der halb aufgebauten Zeltplane, weil
sie es nicht geschafft hatten, die Heringe im losen
Sand zu befestigen. Am nächsten Morgen war der
Himmel verhangen, aber Johanna sprang trotzdem
in die Ostsee, und Karl stand bis zu den Knien in den
halbnassen Schlafsack gehüllt und rauchte versonnen. Guckte auf das Wasser, das nun grau aussah,
obwohl es Mai war. Machte nichts, machte gar nichts.
Sie war davor schon auf Hiddensee gewesen, aber es
kommt ihr immer so vor, als wäre es das erste Mal
überhaupt.

Als Johanna auf Rügen in Samtens abbog nach Schaprode, lag viel Schnee auf der Straße, und die von den
Räumfahrzeugen aufgeschobenen Berge am Rand
ergaben eine Fahrrinne. »Wie in einer Bobbahn«,
dachte sie und musste bremsen, weil eine Horde
Schwäne auf der Straße stand. Das Weiß ihrer Federn
hob sich kaum ab vom Schnee und ihre großen,
plumpen Körper waren wie Boote geformt. Sie stieg
aus und die Tiere kamen sofort auf sie zu. Zischten

bedrohlich. Johanna holte die Brötchen, die Karl ihr stumm geschmiert hatte, zerriss sie und warf sie den Tieren hin. Es waren sechs wie im Märchen. Verwunschene Brüder. Hinter den Schneebergen auf der linken Seite sah Johanna, dass auf dem verschneiten Feld noch Dutzende von ihnen waren, und noch weiter hinten standen Hunderte Wildgänse. Die blattlosen Alleenbäume, die aus den aufgetürmten Schneemassen ragten, als wären sie umgedreht worden und stünden nun mit den Wurzeln nach oben, die grauschwarzen Gänse und die Schwäne, das alles war ohne jede Farbe. Als hätte jemand sie herausgedreht. Nur ihr Auto leuchtete rot.

Vorsichtig fuhr sie hupend an den bettelnden Schwänen vorbei und hielt erst wieder an der Fähre in Schaprode. Stille auch hier. Ihre Auftraggeber hatten ihr gestern geschrieben, dass der Fährverkehr längst eingestellt war und dass die Bundeswehr mit einem Hubschrauber rüber nach Hiddensee flog. Man hoffe, das sei kein Problem. Sie hatte sich das nicht vorstellen können, und als sie schrieb, dass sie kommen werde, antwortete man ihr, dass der Flug für sie bereits bezahlt sei. Das gefiel ihr. Sie stand da und musste zwangsläufig daran denken, wie sie hier im Frühling immer angekommen waren. Mit Sack und Pack. Und wenn das Wetter schön war, auf dem Oberdeck der kleinen Fähre saßen für die halbe Stunde Überfahrt. Das letzte Mal hatten Helene und sie die gleichen Kopftücher auf.

Der Bodden zwischen Rügen und Hiddensee war komplett zugefroren und eine dicke Schicht Schnee lag darauf. Johanna stand an der Ausfahrt des Hafens. Ihr Auto hatte sie auf dem angrenzenden Parkplatz abgestellt, wo man im Frühling nie eine freie Stelle fand. Jetzt standen da vielleicht zwanzig Autos. »Immerhin«, dachte sie und fragte sich, wer überhaupt hierher kam um diese Zeit. Sogar eine der Kneipen in Schaprode hatte geöffnet, und als Johanna eingetreten war, weil sie noch einen Kaffee trinken wollte, hatte der Wirt, ein dicker Kerl mit einem kleinen kindlichen Kopf, die Arme gehoben und gesagt: »Nun muss ich leider sagen, dass ich keine warmen Speisen habe.«

»Warum hast du dann auf?«, dachte Johanna, bestellte den Kaffee und freute sich über die an Ignoranz grenzende Eigenartigkeit der Menschen hier. Sie leben von den Touristen und trotzdem haben sie sich auch in hundert Jahren noch nicht daran gewöhnt. Im Mai brachte sie die abweisende Art manchmal zur Weißglut, aber jetzt freute sie das. Den Laden aufmachen, obwohl niemand da ist, und knurren, wenn dann doch jemand kommt.

Johanna musste noch lachen, als der Hubschrauber von der Insel herüberkam. Sie hatte Karl gar nichts von ihm erzählt. Er hatte überhaupt nicht reagiert, als sie sagte, dass sie einen Job auf Hiddensee habe. Nur Helene sagte: »Mama, das ist unfair, dass du da allein hinfährst.« Gern hätte Johanna Karls Desinteresse an ihr auf den fehlenden Job geschoben, aber sie war sich da nicht sicher. Im letzten Jahr hatte er noch in Hamburg gespielt, war morgens losgefahren mit dem ICE und abends wiedergekommen. Manchmal auch geblieben über Nacht bei Aufführungen, und Johanna war dann allein mit Helene, die in jeder dieser Nächte zu ihr ins Bett kam. Aber nach dem Intendantenwechsel musste Karl gehen und alles Vorsprechen seitdem brachte nichts Neues.

»Eigentlich solltest du nicht kochen. Das ist zu anstrengend für so eine zarte Person«, das hatte Karl zu ihr gesagt, noch in einer ihrer ersten Nächte. Während des Studiums hatte Johanna in der *Quelle* als Köchin gearbeitet. Karl holte sie dort manchmal ab, kurz vor Mitternacht, und sie sah ihn vor sich. Wie er dasaß am Tresen mit einer grauen Kapuzenjacke, eine selbstgedrehte Zigarette rauchte und die Zeitung von morgen las. Manchmal sagte eine der Kellnerinnen: »Dein Süßer ist da«, aber noch besser gefiel es ihr, wenn sie durch die Schwingtür kam nach dem Saubermachen der Küche, und er da schon saß. Ohne dass sie das wusste.

Der Hubschrauber, der da vor ihr in Schaprode landete, war klein, und er sah aus, als wäre er aus grauem Plastik gebaut worden. Es stieg niemand aus, und Johanna lief mit geducktem Kopf auf die kleine Kabine zu. Es gab nur drei freie Plätze. Sie setzte sich neben den Piloten, und ein Pärchen, das gerade erst angekommen war, stieg hinten ein. Sie nickte dem Piloten zu, und der nickte zurück. Um seinen

Oberschenkel hatte er ein mobiles GPS gebunden und als Johanna ihren Blick nicht von der grün schimmernden Grafik nahm, rief er ihr zu: »Wenn es hier schneit, dann siehste die Hand vor Augen nicht.« Der Hubschrauber hob kaum merklich ab, drehte und flog schnell über die Schneelandschaft. Johanna sah Hiddensee etwas entfernt als schmalen Streifen liegen, kaum zu unterscheiden von Rügen und dem zugefrorenen Wasser des Boddens. Hinter der Insel war das Meer offen, und ein schwacher Dunst lag darüber. Man habe versucht, die Fahrrinne offen zu halten, erzählte der Pilot, aber es sei einfach zu kalt. Johanna konnte die Arbeit des Eisbrechers sehen, und die Fahrrinne erschien ihr wie eine geschwungene breite Straße, auf der sich die Eisschollen in zackigen geometrischen Formen gegeneinandergeschoben hatten. Sie sah eine rote Boje mittendrin und zwischen den Eisschollen am Rand schwammen Schwäne.

»Das ist ein altes römisches Rezept«, sagte Johanna. Sie schnitt die Möhre in winzige Würfel und schob sie zu einem orangen Haufen neben den roten aus Speck und einen grünen aus Petersilie. Die Frau verwirrte Johanna. Sie stand dort an die Küchenwand gelehnt in dieser gesichtslosen geräumigen Ferienwohnung und redete so gut wie gar nicht. Sie stand nur da mit einem Glas Rotwein in der Hand und sah ihr zu. »Ich hätte das vorschmoren sollen«, dachte Johanna. Der Ochsenschwanz braucht drei Stunden, und allein die Vorstellung, dass die Frau ihr da die ganze Zeit nicht von der Pelle rücken würde, gefiel ihr nicht.

»Das Original haben sie mit Rosinen gekocht, und am Ende wurde bittere Schokolade in die Soße gegeben«, sagte sie und schälte eine Knoblauchzehe. »Ich habe das mal probiert. Leider schmeckte es nicht. Es las sich nur schön. Aber Sie können beruhigt sein, ohne Schokolade schmeckt es sehr fein.« Sie lachte, und ihr eigenes Lachen störte sie.

»Ich bin ganz beruhigt. Völlig beruhigt, seit Sie da sind und vor sich hinschnippeln. Ich weiß nicht, wie der sonst gemacht wurde. Mein Vater hat immer ein Wahnsinnsbohei darum gemacht, weil man den im Osten so schlecht gekriegt hat, wie man ja am Ende alles schlecht gekriegt hat im Osten. Aber ich mag gar nicht so gern Fleisch. Und dann noch die großen Knochen. Seit zwanzig Jahren habe ich das nicht gegessen.«

Sie goss sich Rotwein nach, der auf dem Küchentisch zwischen ihnen stand. Die Wohnung lag in einem neu gebauten, reetgedeckten Haus am Rand von Vitte, dem mittleren Ort der Insel. Im Mai fuhren sie hierher mit dem Fahrrad nur zum Fischer oder in den Supermarkt. Sie wohnten immer in Neuendorf im Süden der Insel, diesem kleinen Dorf aus nichts außer ein paar weiß getünchten Häusern, die wie zufällig auf einer großen Wiese standen. Keine Zäune, nur Fliederbüsche und ein paar Birken. »Wollen wir mal wieder die Wäsche im Wind wehen lassen?«, hatte Karl ihr vor Jahren mal auf einer alten Hiddenseepostkarte geschrieben.

»Ich hätte ihn nicht anrufen sollen«, denkt Johanna, und da hat sie ihre merkwürdig Auftraggeberin fast vergessen. »Wie soll es uns gehen? Helene ist bei Frieda. Ich sitze vorm Computer. Alles bestens hier«, hatte er gesagt, als sie ihn nach der Landung in Vitte vom Hafen aus anrief. Johanna sah durch die waagerechten Fenster über der Arbeitsplatte in der Küche. Wie Schießscharten. Sie konnte das Meer sehen. Es sah braun aus von hier oben und gegen das strahlende Weiß des Schnees, der dick den Strand und die Dünen bedeckte. Möwen lagen darauf mit eingezogenen Köpfen.

»Darf ich fragen, was der Anlass für das Essen ist? Sie haben sich in ihrer Mail dazu nicht geäußert. Oder wollen sie das nicht erzählen?«, fragte Johanna und sah nur kurz von ihrem Schneidebrett auf. Ilona Behrens war nicht viel älter als sie. Vielleicht vierzig. Etwas größer und auch etwas runder. Schwarze, sicherlich gefärbte Haare, die sie schulterlang und offen trug. Make-up, Lippenstift und Lidschatten. »Bisschen bunt«, würde Karl sagen.

»Nein, das will ich nicht erzählen. Dazu bin ich noch zu nüchtern.« Sie lachte auf und Johanna fragte: »Ich hoffe, dass ihnen der Ochsenschwanz so gefällt, und die Zitronencreme will ich mit Salbei und einer Schicht aus Maronen und Nüssen machen.«

»Ja, sehr schön. Den Alten wird das nicht passen, aber mir ist das sehr recht. Bringen Sie da mal ein bisschen Farbe rein. *Queens kitchen* macht immer die Buffets für mein Büro, und mir gefällt das, wie Sie kochen. Deshalb habe ich Sie ja auch gebucht, Sie waren meine Bedingung für den Mummenschanz hier. Sonst wäre ich gar nicht gekommen.«

»Wohnen Ihre Eltern auch hier?«

»Gott bewahre. Die wohnen ein paar Häuser weiter.«

Es klingelte mit einem hohen fiepsigen Ton. »Wenn man vom Teufel spricht.«

Ihre Eltern betraten nacheinander die Küche und stellten sich Johanna vor. Der Vater, ein hagerer Mann mit einer Halbglatze, betrachtete die in einem Topf mit Suppengrün schwimmenden, nun grauen Stücke des Ochsenschwanzes. »Sie kochen den?«

»Nur kurz. Nachher wird er natürlich geschmort. Aber das ergibt die Brühe, mit der der Braten später abgelöscht wird. Der Ochsenschwanz bringt also seine eigene Brühe mit.«

»Bei mir gab das immer nur anbraten, Pfeffer, Salz, Wasser drüber und fertig. So hat meine Groß-mutter den schon gekocht«, sagte Vater Behrens. »Das hat auch geschmeckt, und saure Sahne natür-lich später.«

»Das glaube ich, und ich hätte Ihnen das ja auch so gemacht, wenn Sie mir das vorher gesagt hätten.«

Seine Frau nahm ihn in den Arm und lächelte Johanna an. Es verrutschte ein wenig zu einem Grin-sen, und dann sagte sie: »Das ist ein besonderes Essen, wissen Sie, und Gerhard ist ein bisschen beleidigt, dass er das nicht kochen darf. Sie werden das schon richtig machen.«

Ilona hatte ihr Glas abgestellt. »Wir wollten mit dir Kaffee trinken, Kind«, sagte ihre Mutter. Ihre Haare waren grau, kurz und nach hinten gekämmt. Sie trug eine kleine runde Hornbrille. Aber die Augen und auch die flache Stirn ähnelten sehr ihrer Tochter. »Ich leg mich lieber noch ein bisschen hin«, sagte die.

»Du hast dich ja schon allein amüsiert, wie ich sehe«, sagte ihre Mutter und stellte das leere Weinglas neben die Spüle.

»Lass es, Mama. Trinkt ihr Kaffee hier oder wo ihr wollt. Ich lege mich hin.«

Während Ilona Behrens verschwand, ließ sich ihre Mutter auf einen der Küchenstühle fallen. Sie trug immer noch ihre dunkelblaue, gesteppte Jacke. »Was meinst du, Gerhard?« Ihr Mann stand neben dem Herd und starrte auf die kochenden Fleischstücke.

»Tja, das weiß ich nun auch nicht.«

Johanna schlug Eier auf und trennte das Eiweiß vom Eigelb. Sie tat das für die Zitronenspeise, aber sie tat das auch, um gleich den Mixer anzuwerfen und mit dem Geräusch vielleicht die beiden Alten für eine Weile aus der Wohnung vertreiben zu können.

»Lass mal, Gerhard, so ist das nun. Hauptsache, Ilona ist gekommen. Sie stören wir hier ja auch nur, nicht, junge Frau?«

Johanna drehte sich zu ihr um, mit einem unbestimmten Gesicht. Sie zog die Schultern hoch, und

Frau Behrens sagte: »Wissen Sie, unser Sohn ist erschossen worden hier vor Jahren.«

Ihr Mann sagte: »Nun lass doch, Vera, das interessiert die Dame doch gar nicht.«

»Doch, das kann sie ruhig wissen. Das ist ja kein Geheimnis, und wenn sie das Geburtstagsessen macht, dann soll sie das auch wissen. Jochen, unser Sohn, wollte fliehen mit einem Freund übers Meer nach Dänemark. Mit einem Schlauchboot und einem Außenbordmotor. Aber sie haben sie erwischt damals, und erschossen.«

»Jochen ist ertrunken, Vera.« Gerhard Behrens ging zur Küchentür und öffnete sie.

»Ja, aber nur, weil sie ihn angeschossen haben. Mit einer Kugel in der Lunge, wie soll er das überleben im November in der Ostsee, und Klaas war gleich tot. So stand es doch in den Akten.« Sie begann zu weinen und Johanna stand ihr zugewandt mit den Eierschalhälften in der Hand. In einer schwamm noch das Eigelb, und sie traute sich nicht, sich wieder zur Spüle zu drehen.

»Heute ist sein fünfzigster Geburtstag, und den feiern wir alle zusammen. Mein Mann und ich kommen jedes Jahr hierher an seinem Geburtstag und essen sein Lieblingsessen. Und diesmal ist ja auch Ilona dabei.« Sie stand auf und strich Johanna über den Arm. »Sie werden uns das schon schön machen«, sagte sie, und dann ging sie durch die Tür, die ihr Mann immer noch offen hielt.

In den nächsten zwei Stunden brachte Johanna Struktur in das Essen. Der Ochsenschwanz war in der Röhre und verbreitete zusammen mit dem Gemüse und dem Weißwein seinen schweren Geruch. Die Zitronenspeise stand fertig im Kühlschrank, und Johanna hatte den Salat so weit vorbereitet, dass sie die Zutaten später nur noch anrichten musste.

Sie hörte Ilona schon eine Weile in den anderen Räumen der Wohnung, wie sie duschte und sich später die Haare fönte. Dann trat sie in die Küche und sah sehr weich im Gesicht aus, obwohl sie schon geschminkt war.

»Riecht gut«, sagte sie und setzte sich an den Tisch. Johanna hatte Kaffee gekocht und Ilona nickte auf ihre Frage, ob sie auch einen wolle.

»Nun wissen Sie also Bescheid. Oder?«

»Warum ich hier ein Essen zubereite? Wegen Ihres Bruders. Eine traurige Geschichte.«

»Ja, und sie geht immer noch weiter. Nie haben die beiden ein Essen ausfallen lassen hier, seit 26 Jahren nicht. Und dieses Jahr war es extrem. Mit dem ganzen Schnee und Eis. Wie eine Prüfung. Aber sie haben nicht mal überlegt, es ausfallen zu lassen. Ich wollte sie nach Berlin einladen. Aber nichts zu machen. Hiddensee! 13. Februar! Ochsenschwanz!«

Sie klopfte sich eine Zigarette aus der Schachtel, und Johanna freute sich auf den ersten Geruch, den ersten Zug direkt nach dem Anzünden. Nur der roch wirklich gut.

»Mein Bruder war ein toller Kerl. Ich mochte ihn wirklich sehr. Er hat niemandem was von seiner Flucht erzählt. Klaas und er haben dichtgehalten. Eigentlich bin ich immer noch beleidigt deswegen. Der wäre einfach abgehauen ohne ein Wort. Wir hätten uns vielleicht nie wieder gesehen. Ich meine, wenn sie es geschafft hätten. Dann auch nicht.«

Johanna hörte ihr Handy in der Handtasche piepen. Das Geräusch für eine SMS.

»Er kannte Klaas von der Uni. Zahnmedizin, wie unser Vater. Jochen hat das gehasst, und es würde mich nicht wundern, wenn er auch davor abgehauen ist. Der war eher musisch begabt, mein großer Bruder. Aber er hat sich nicht getraut, das abzubrechen wegen meines Vaters. Und meine Mutter und Jochen waren wie Hund und Katze. Er wohnte damals im Prenzlauer Berg. Besetzte Wohnung, Hinterhof, Kohleofen – das ganze Programm. Mann, war das toll, wenn ich da hinfuhr, manchmal. Und über Nacht blieb, seine Platten hörte und rauchen durfte, soviel ich wollte. Wenn er dann mal rauskam zu uns nach Köpenick, dann hat es eigentlich nur eine halbe Stunde gedauert, und er hatte sich mit meiner Mutter in den Haaren. Wegen irgendwas. Von null auf hundert.«

Sie strich die Asche ihrer Zigarette ab und sah Johanna an.

»Ich rede und rede. Macht Ihnen das Spaß? Für andere Leute zu kochen?«

»Ich muss was mit den Händen machen. Früher

habe ich Romanistik studiert und Afrikanistik, aber das war nichts für mich. Ich hab im Studium schon immer gekocht. Wenn ich nicht den Stress in einem Restaurant habe, macht das schon Spaß. Dann kann ich abschalten beim Arbeiten.«

Sie stand auf und ging zu ihrer Handtasche. »Helene gibt dir einen Gute-Nacht-Kuss, und wir müssen reden, wenn du wieder da bist. Es gibt ein Problem«, stand auf ihrem Display. Und Johanna dachte: »Ist das Problem blond oder dunkelhaarig und ist es jünger als ich?« Sie tippte die Worte auch schon blitzschnell in ihr Handy, aber dann drückte sie auf *löschen* und auf *nicht speichern*.

»Alles okay?«, fragte Ilona.

»Ja, alles gut. Mein Kind. Ein Gute-Nacht-Kuss.«

Johanna wischte sich die Tränen ab und packte ihre mitgebrachten Messer zusammen. Es war vorbei. Sie konnte gehen. Durch die Küchentür hörte sie, wie Ilona zum wiederholten Male sagte: »Komm, Mama, hör auf. Was soll das? Wir müssen das nicht jedes Mal diskutieren.«

Als Johanna den Espresso gereicht hatte, baten die Behrens sie, sich dazuzusetzen. »Das hat wirklich ausgezeichnet geschmeckt«, sagte Ilona und ihr Vater nickte: »Anders, aber gut.«

Sie erzählten, wie sie 1984 erst zwei Tage später vom Tod ihres Sohnes erfuhren, dass er da schon eingeäschert war, von der Beerdigung unter Aufsicht der Stasi und dass sie ihnen selbst die Traueranzeige in der Zeitung verboten.

»Ich erinnere mich noch, wie sie nur euch abgeholt haben«, hatte Ilona gesagt. Ihr wurde langsam die Zunge schwer vom Rotwein. »Ich wusste ja noch gar nicht, worum es ging. Nur euch haben sie abgeholt. Aber als ihr wiedergekommen seid mit der Todesnachricht, habe ich mich gefragt, warum haben die mich nicht verhört? Ich bin seine Schwester, verdammt.« Ihre Stimme zitterte, und sie begann zu weinen. »Absurd, aber das habe ich gedacht.«

»Später haben sie dich dann ja auch noch befragt, Kind. Das ist doch auch gar nicht wichtig. Wir wussten ja auch von gar nichts. Diese Schweine«, sagte ihre Mutter und sah entschuldigend Johanna an. »Ach, nun weinen Sie auch. Das haben wir nicht gewollt.« Seit der SMS hatte Johanna gegen die Tränen angekämpft und nun konnte sie nicht mehr. »Was gibt es für ein Scheißproblem«, hatte sie gedacht.

Sie zog ihren Mantel an. »Ich werd mal los«, sagte sie zu den Behrens, die am Tische sitzen blieben. Nur Ilona Behrens stand auf, nahm sie an der Wohnungstür in die Arme, küsste sie auf die Wange und flüsterte: »Danke. Ohne Sie hätte ich das nicht überlebt.«

Johanna ging durch das tief verschneite Vitte. Sie ging in die Pension *Nordwind* und gab ihre Messer und Kochutensilien an der Rezeption ab. »Ich geh noch ein Stück«, sagte sie zum Portier.

Der Himmel hing tief draußen, er schien über den Lichtern der wenigen Straßenlaternen zu beginnen. Es schneite in großen Flocken. Johanna erinnerte sich an den Wetterbericht, den sie vorhin beim Kochen gehört hatte. »Nachts minus zwölf bis minus fünfzehn Grad, zeitweise Schneefall.« Sie war warm angezogen, und sie wollte laufen durch die Nacht, die fünf Kilometer bis Neuendorf. Durch die Heide, auf der der Schnee lag wie ein Deckbett. Den Inselweg, den einzigen zwischen den Dörfern. Wie einen Jakobsweg aus Eis und Schnee, nur einen Karlsweg eben. Sie wollte in Neuendorf ins Hafenbecken spucken, auch wenn das zugefroren war, und sich wünschen, dass sie hier im nächsten Frühling wieder ankam. Mit Karl und Helene im Mai, nach den Eisheiligen.

Stüwes Tochter

Andrea hat mich umgehauen, und das ist mir vorher so noch nicht passiert. Nicht so wirklich mit dem ersten Blick. Ich bin die Treppe hoch gelaufen in der Wollenweberstraße, in einem grauen, schiefen Haus mit maroder Fassade, und dieses junge Mädchen steckte den Kopf durch die Tür. Ein schmales Gesicht, blaue Augen, halblange braune Haare, und sie sah mich an, wie ich da vor ihr stand in dem abgewetzten Treppenhaus, unter einer nackten Glühbirne, so als wäre ich der erste Mensch, der je bei ihr geklingelt hat. Das heißt geklopft, denn die Klingel funktionierte nicht. Sie trug eine enge Jeans und ein schwarzes Shirt mit langen Ärmeln, und ich hielt ihr den eigenen Zettel vor die Nase, den ich von einem Baum abgerissen hatte. Auch weil mir die Worte fehlten: »Schönes helles Zimmer in der Östlichen Altstadt.«

»Ach so, das«, sagte sie. »Den habe ich ja gerade erst aufgehängt. Ich dachte, die Leute würden erst ab morgen kommen.« Ich musste lachen und dann stellte sich ein kleines Kind neben sie in die Tür und sah mich an. Es hatte einen rosa Schnuller im Mund, schaute kurz und verschwand dann wieder. Andrea sah der Kleinen nach und dann wieder mich an. »Es ist mit Kind. Nicht das Zimmer, aber ich wohne hier mit Kind, und das Klo ist im Keller.« Sie sagte das so, als wollte sie mich loswerden, aber ich blieb einfach stehen. »Kann ich es trotzdem sehen?«

»Es ist doch schon dunkel, du kannst gar nicht raussehen.«

»Na ja, aber ich könnte sehen, ob es mir überhaupt gefällt, ob es groß genug ist und so.«

Ich wollte das Zimmer unbedingt. Egal, wie es aussah. Ich wollte Andrea vom ersten Moment an.

Das Rostocker Symphonieorchester hatte mich gewählt. Ich hatte vorgespielt und das Ensemble stimmte für mich. 1. September 1994, Zweite Geige. Vom Fleck weg, wie mein Professor in Hamburg sagte, Professor Hansen, bei dem ich Meisterschüler war in den letzten Jahren und dem ich viel zu verdanken habe. Er hatte mir auch das Vorspiel verschafft und gesagt: »Konzentrieren Sie sich, Adam, aber das können Sie ja, das können Sie wie kein Zweiter.« Ich versenke mich dann in mich, blende alles um mich herum aus und spiele wirklich nur, und manchmal frage ich mich, ob ich diese Fähigkeit meinem Leben in der DDR verdanke. Ins Innen gehen und das Außen nicht beachten.

Abgehauen bin ich im Dezember 1989. Völlig gefahrlos mit dem Auto meines Vaters. Er gab mir wortlos den Schlüssel für seinen 1600 Lada, für die heilige Kuh, wie meine Mutter den mildorangen Wagen nannte. Das größte Auto, das es gab zu dieser Zeit im Arbeiter-und-Bauern-Staat. Wir standen uns gegenüber, er in seinem verwaschenen Blaumann, und ich fragte mich, was er dachte, und er fragte sich das vermutlich auch. »Den krieg ich aber wieder!«, sagte er, als er mir den Autoschlüssel gab, und boxte mich in die rechte Schulter.

Vor der politischen Situation in der zerfallenden DDR floh ich nicht. Im Herbst 1989 hatte ich den schwersten Liebeskummer meines Lebens, weil mich Julia nach zwei Jahren verlassen hatte, weil sie einfach einen anderen liebte und ich das keinen Moment verstand oder verstehen wollte. Es wollte mir nichts gelingen vor Traurigkeit in diesen Tagen, in denen sich alles änderte um uns herum, und trotzdem sah ich Julia jeden Tag. Jeden Tag, immer wieder. Auf den Fluren der Musikhochschule, die wir beide in Berlin besuchten, in den Kneipen, bei Freunden. Ich sah sie mit ihrem neuen Freund, einem Schauspieler, der sogar mich beeindruckte, und irgendwann hielt ich das nicht mehr aus. Die Geige nahm ich nicht einmal mehr in die Hand und kam kaum aus dem Bett. Also fuhr ich nach Hause, nach Ludwigslust, in die Kleine Stadt, wie Julia sie genannt hatte. Ging in das Fachwerkhaus meiner Eltern und dort in mein Zimmer unter dem Dach und packte meine Sachen. Einen Koffer und meine Geige, mehr wollte ich nicht mitnehmen, und packte dann doch zwei große Kisten voll mit Noten und Büchern.

Ich sah hinunter in den Hof, wo der flache Bau der Tischlerwerkstatt meines Vaters an das Haus anschloss. Jahrelang hatte ich hier oben gestanden im Mansardenzimmer und mich vor dem schreienden

Geräusch der Sägen gefürchtet. Ein Ton, der meinen Kopf nicht mehr verließ, minutenlang, auch wenn die Maschine längst wieder ausgestellt war und der Keilriemen, der sie antrieb, langsam auslief. Wenn ich übte an den Nachmittagen, dann mussten sie da unten für zwei Stunden aufhören zu sägen, das hatte meine Mutter von meinem Vater verlangt. Sie, die mich mit sechs Jahren zu einer Geigenlehrerin geschleppt hatte, die mich später zweimal in der Woche mit dem Zug nach Schwerin brachte ins Konservatorium und beglückt war, dass ihr Traum zu meinem wurde.

»Was soll das hier? Morgen machen sie die Mauer wieder zu, und dann?«, fragte ich meine Eltern. Ich wusste, dass sie diesen Grund verstehen würden, und einen anderen wollte ich ihnen nicht nennen. Meine Mutter nahm mich unter Tränen in den Arm und sagte: »So sieht ein Kapitalist aus.« Und dann lachten wir alle. Das hatte mein Staatsbürgerkundelehrer zu mir gesagt. Herr Lange ließ mich in der siebten Klasse auf einen Stuhl steigen. Die Klasse fing an zu lachen, in einem Alter, wo Lachen und Weinen ständig nebeneinander waren. »Koppen, komm mal! Nun komm mal und steig hier auf den Stuhl.« Zögernd ging ich nach vorn, und als ich da oben stand vor der Tafel, sagte er: »So sieht ein Kapitalist aus. Die gibt es immer noch. Auch bei uns.« Es war totenstill, und ich wusste, dass es ihm um Macht ging, seine Macht, die er mir zeigen wollte und konnte. Und ich stand dort für die Tischlerei Koppen, mit der ich eigentlich nichts zu tun haben wollte. Langsam ging ich zurück auf meinen Platz und sah aus dem Fenster hinunter in den Schulgarten, in die geometrische Ordnung der Gemüsebeete, und versuchte nichts zu fühlen.

Andrea hatte sich mit mir an ihren Küchentisch in der Wollenweberstraße gesetzt und das Kind saß vor ihr auf dem Schoß wie ein Schutzschild. Die Küche war schmal und die Wohnung einfach. Es gab drei Zimmer nebeneinander, alle mit einem gelben Kachelofen. Andrea schlief mit Marie in dem linken Zimmer, das mittlere, ein Durchgangszimmer, war eine Mischung aus Arbeits- und Wohnraum. Ein alter Schreibtisch, eine offene Truhe, in der Wolldecken lagen, und ein riesiges selbstgebautes Regal. Bücher bis unter die Decke. Ich sah Sartre, Benn, Beckett und Canetti. An den Wänden hingen Zeichnungen, ein Scherenschnitt von einem sich küssenden Paar und Fotos. Auf dem Plattenspieler lag BAP »Vun drinne noh drusse«. Der Lack von den Türen und deren Rahmen war heruntergeholt worden und man konnte im Holz noch die dunklen Spuren erkennen, die die Heißluftpistole hinterlassen hatte. Überall lag Spielzeug verstreut. Puppen, Stofftiere, ein Dreirad und ein kleiner Einkaufsladen.

Ganz am Ende der Wohnung befand sich das Zimmer, das sie mir für hundert Mark vermieten wollte. Es war völlig leer, bis auf den Ofen in der Ecke. So ein Zusammenleben konnte ich mir gar nicht vorstellen, und sie sich offensichtlich auch nicht. Ich hatte nicht das Gefühl, dass sie es wirklich vermieten wollte. Die Kleine nahm ihren Schnuller aus dem Mund und zeigte ihn mir mit einem ausgestreckten Arm. Ich wusste nicht, ob ich danach greifen sollte, und lächelte sie einfach nur an. Sie sah ihre Mutter an, steckte den Schnuller wieder in den Mund und richtete dann einen ausdruckslosen Blick auf mich. »Woher bist du denn?«, fragte Andrea und ich antwortete »Ludwigslust. Ich habe jetzt ein paar Jahre in Hamburg gewohnt.« Mir erschien das sicherer. In Hamburg erwähnte ich Ludwigslust gar nicht mehr, weil es mir zu mühsam war, immer und immer wieder zu erklären, wie das war mit diesem Staat hinter der Mauer. Aber hier erwartete ich mir offensichtlich einen Vorteil davon, »Ludwigslust« zu sagen. »Hamburg ist schön«, sagte Andrea und dann blitzte es das erste Mal dicht vor dem Fenster. Wir saßen im dritten Stock. Andrea sagte nichts und ich auch nicht, aber als es kurze Zeit später noch einmal blitzte, fragte ich: »Was war das?« Andrea sagte: »Vielleicht ein Gewitter«, und ihre Stimme machte deutlich, dass es das sicher nicht war und dass ich lieber nicht weiter fragen sollte.

Später hat sie mir gesagt, dass sie dachte, mir wären die hundert Mark zu viel, und dass sie die nur genannt hätte, weil ich aussah wie einer aus dem Westen. »Achtzig sind auch okay«, sagte sie und ging mit mir runter in den Keller und da, in einem schmalen Gang mit niedriger Decke, waren drei grüne Holztüren nebeneinander. Dahinter jeweils ein Klo, und Andrea sagte: »Musste abschließen immer, sonst ist hier alles vollgekackt oder vollgekotzt oder so. Schlüssel hängt oben neben dem Herd.« Sie trug das Kind auf der Hüfte und dann brachte sie mich an die Haustür, öffnete sie und sagte: »Tschüss.«

Ich hätte umfallen können, als ich vor der Tür stand. Stattdessen holte ich tief Luft und ging spazieren. Die Häuser waren immer noch grau, so wie ich sie aus Ludwigslust kannte. Oder braun in unterschiedlichen Schattierungen, der Putz teilweise abgeschlagen oder abgebröckelt und die Mauersteine darunter zu sehen. Das Kopfsteinpflaster sah aus, als wäre es auf Wasser gebaut, und die schwarzen, grauen, manchmal violett schimmernden Steine schienen leicht zu schwanken. Durchzogen war es an manchen Stellen von uralten Straßenbahnschienen, die nur wenige Meter lang waren und dann endeten wie eine verworfene Idee. Sie führten nirgends hin. Ein paar der Häuser waren eingerüstet, andere hatten auch schon Farbe abgekriegt. Aber man hätte in den schmalen Gassen problemlos noch einen DDR-Film drehen können oder einen über den Krieg. Hier mal eine Langnese-Fahne oder das schwarz verklebte Fenster eines Erotikshops mit rosa Herzen drauf. Das war alles, was mir neu erschien.

Das Viertel lag etwas abseits der Innenstadt, man musste vom Neuen Markt hinter dem alten Rathaus bergab laufen und das musste man in dieser Stadt nicht allzu oft. Hier unten, umschlossen von der alten Stadtmauer und am ehemaligen Stadthafen, der jetzt nur noch ein leeres Becken in der Warnow war, befanden sich die ältesten Häuser der Stadt. Zwei Kirchen, beide aus rotem Ziegel, lagen ein paar hundert Meter auseinander. Feinste norddeutsche Backsteingotik. Die eine, St. Nikolai, war etwas gedrungen, mit einem Turm wie ein dicker Buntstift. Die andere, St. Petri, schlanker, und ihr Turm war schmal und komplett eingerüstet. Offensichtlich wurde die Kirche restauriert. Ein riesiger Kran stand daneben und oben an seinem Haken hatten die Maurer ihren Betonmischer und andere Geräte hochgezogen. Die baumelten da in dem diesigen Nachthimmel wie ein Witz.

Als ich zwei Wochen später bei Andrea einzog, lief bei ihr eine Party. Ich schleppte mit meinem Freund Rahn, einem kleinen, dicken Bratschisten, die Matratze hoch. Die Tür oben stand offen, und wir gingen durch eine rauchende und trinkende Menschenmenge. »Das scheint ja hier der richtige Ort für dich zu sein«, rief mir Rahn von der anderen Seite der Matratze zu und Andrea sagte: »Stimmt ja. Du wolltest heute kommen. Das stört dich doch nicht, oder?« Sie trug einen schwarzen Minirock, eine rote Bluse und enge, hohe Stiefel. Sie sah unglaublich aus. Ein paar ihrer Freunde packten mit an und so hatten wir die Möbel schnell oben.

Rahn tippte sich mit zwei Fingern an die Stirn und fuhr mit dem geliehenen Bulli wieder zurück Richtung Elbe. »Dann lass mal was von dir hören«, sagte er und mir wurde schwer für einen Moment. Drei Jahre hatten wir zusammengewohnt in Hamburg Eimsbüttel auf der Osterstraße. Rahn und ich und Willy, ein österreichischer Pianist.

Dann lief ich hoch und trank und redete mit Andreas Freunden. Die kleine Marie lief die ganze Zeit herum, bis sie irgendwann spät einfach auf dem Sofa einschlief und Andrea sie hinüber in ihr Schlafzimmer trug. Über dem Schreibtisch, und das fiel mir erst jetzt auf, hing eine große Schwarzweißfotografie von Andrea als Kind. Sie lehnt darauf an der Wand und trägt ein kariertes Kleid. Ihre Haare sind ein bisschen zerzaust und der Pony ist schon fransig. Es ist von der Seite aufgenommen und ihr Blick ist klar nach vorn gerichtet, so als wüsste sie mit ihren sechs oder sieben Jahren schon etwas. Aus ihrem Mund ragt der weiße Stiel eines Lollis. Ich sah sie durch den Raum auf der anderen Seite stehen, genauso an die Wand gelehnt, nur dass der Lolli-Stiel eine Zigarette war und dass unsere Blicke sich trafen und sie mir zunickte.

Als der letzte Gast gegangen war, ließ Andrea sich auf einen Küchenstuhl fallen und zog sich die Stiefel aus. Mit halboffenen Reißverschlüssen und dem hellen, nach außen gedrehten Innenfutter ließ sie sie nacheinander vor sich fallen. Sie zog die Beine an den Körper und rauchte mit einem auf die Wand gerichteten Blick. Ich drehte mich um und sah aus dem Küchenfenster in die nächtliche Dunkelheit und dann blitzte es mir direkt in die Augen. Ein helles, fast bläuliches Licht. Ich sagte nichts und es blitzte noch einmal und Andrea sagte: »Oh Mann.« Dann riss sie das Fenster auf und schrie: »Komm hoch.«

Kurze Zeit später stand dann ein Typ in der Wohnung. Er war so alt wie Andrea. Groß, schlank, mit einem kantigen Kinn und wasserblauen Augen. Er trug eine grobe braune Lederjacke und sah absolut verfroren aus. »Haste 'ne Party gemacht oder was?«, fragte er. Um sein Handgelenk baumelte eine kleine billige Fotokamera. »Was geht es dich an?«, sagte Andrea. »Und der Wessi?«, fragte er und deutete mit dem Kopf in meine Richtung, ohne mich anzusehen. »Wohnt jetzt hier. Ich muss die Miete zahlen, und das geht dich auch nichts an, wer hier wohnt.« Die Schlafzimmertür ging auf und Marie blinzelte in den Raum. Sie nahm den Schnuller aus dem Mund, sagte »Papa da« und streckte ihm die Arme entgegen. Er nahm die Kleine hoch und drückte sie an sich.

Ich ging an ihnen vorbei und dann nach unten auf die Toilette. Das Treppenhaus war schmal wie alles in diesem Haus. Es gab pro Etage nur eine Wohnung, also insgesamt drei. Wir wohnten ganz oben und hatten unten den letzten Verschlag mit dem Klo. Andrea hatte eine kleine Schirmlampe mit einer roten Birne an die Wand geschraubt, und ich saß dort im Schummerlicht, einigermaßen betrunken, und dachte: »Lass die mal machen.« Es war kalt auf dem Klo, aber ich blieb trotzdem länger dort sitzen als nötig. Bis ich die Eingangstür klappen hörte und wieder hoch ging in die Wohnung.

Andrea stand in der Küche, immer noch auf

Strümpfen, und sie hatte geweint. Ich ging auf sie zu und nahm sie in den Arm und sie ließ sich in den Arm nehmen. Sie schmiegte sich an mich, so kam es mir vor, und ich drückte sie fest und mein Gesicht näherte sich ihrem und plötzlich sagte sie: »Nun lass mich mal wieder los. Alles nicht so einfach hier gerade.« Und dann kippte sie den Aschenbecher aus, spülte ihn ab und verschwand mit einem »Gute Nacht« in ihrem Zimmer.

Im Orchester begannen wir mit Brahms' Violinkonzert in D-Dur. Das hatte ich noch nie gespielt und ich freute mich auf die täglichen fünfstündigen Proben. Am Nachmittag übte ich allein in meinem Zimmer, dann, wenn Marie im Kindergarten war und Andrea in der Uni. »Germanistik und Geschichte«, hatte sie gesagt auf die Frage, was sie denn studiere, und viel mehr sagte sie nicht. Manchmal tranken wir einen Tee zusammen und einmal abends auch eine Flasche Wein, und sie wollte wissen, warum ich damals nach Hamburg gegangen bin. Ich erzählte von den Nächten im Auffanglager in einer Lübecker Kaserne, wo ich in einem Zimmer mit fünf anderen gelegen hatte. Oben in einem Doppelstockbett. Ein paar Tage dauerte die Prozedur und ich fuhr an einem Nachmittag nach Hamburg und besorgte mir ein Vorspiel an der Musikhochschule. Aber wichtiger noch waren für mich diese Tage des Wartens, in denen fast nichts passierte und ich vom Kasernenflur auf die Autos guckte, die jeden Tag ankamen. Škodas,

Ladas und Trabis. Wie die Menschen ausstiegen mit Kindern, Hunden, Sack und Pack. Mit ihrem ganzen Leben. Ich fühlte mich so leicht wie ein fallendes Blatt.

»Von vorne anfangen. So fühlte sich das in Hamburg an. Ich ließ den Osten hinter mir, meine Eltern, irgendwie alles«, sagte ich. »Wenn ich auf die Osterstraße in Eimsbüttel trat, dann war das eine fremde Welt. Der graue Karststadtklotz, vertraut eigentlich, aber die ganzen Ausländer und der Geruch nach Koriander und Kardamom aus dem persischen Restaurant neben unserem Haus, ich weiß nicht, wann das für mich normal wurde. Das hat ewig gedauert.« Andrea sah mich fast verlegen an. Von Julia und dem Schmerz, der nur langsam wich, sagte ich ihr nichts.

Ich erzählte ihr auch nicht von Helge, sagte nichts davon, wie er mich ein paar Tage vorher abgepasst hatte unten bei den Toiletten. Vor dem Schlafengehen war ich noch einmal runtergegangen, hatte das rote Licht angeknipst und mich auf die Klobrille gesetzt. Es war nicht nur kalt da unten. Es war gespenstisch. Andrea hatte ein Poster von Lissabon aufgehängt, es gab einen großen Stapel Magazine und Frauenzeitschriften dort, aber man saß doch im Keller mitten in der Nacht. Deshalb zuckte ich auch zusammen, als aus der Nebenzelle eine Stimme plötzlich sagte: »Hör zu, Wessi.«

Es war Helge. Er muss regelrecht auf mich gewartet haben, denn es brannte kein Licht im Nachbarklo. »Die Braut gehört mir, damit das klar ist. Haben wir uns verstanden? Die ist bescheuert, die Alte, gut, im Moment weiß sie einfach nicht, was sie da macht. Ich liebe die, verstehst du, und sie liebt mich, die ist einfach nur durchgedreht zur Zeit. Aber du lässt die Finger von ihr. Ist das klar?« Es war ein Vorteil, dass er mich nicht sehen konnte. Denn zum einen saß ich da ja mit runtergelassenen Hosen und zum anderen konnte ich mich so etwas sammeln. Ich zog die Hosen hoch und spülte. Dann ging ich raus und sagte durch die Tür, hinter der er saß: »Du hast echt Probleme. Ich muss hier arbeiten und hab da oben ein Zimmer gemietet. Verstehst du das? Vielleicht solltest du nachts ein bisschen mehr schlafen.« Dann ging ich hoch in die Wohnung und schloss die Tür. Ich setzte mich ohne Licht in die Küche und fragte mich, ob er da jetzt noch hocken würde im Baum. Es beeindruckte mich, dass er das alles tat, auch wenn es mir nicht sympathisch war.

Ein paar Tage später lief ich ihm wieder über den Weg, er sah mich zuerst und sagte: »Der Wessi«, und ich griff das Revers seiner Fliegerlederjacke, drückte ihn gegen die Mauer der Nikolaikirche und sagte: »Hör mal zu, du Vogel, wenn du mich noch einmal Wessi nennst, dann passiert was.« Er grinste und sagte: »Schon klar, schon klar, ich weiß, Ludwigslust, Lulu, Mecklenburg-Vorpommern.« Er deutete auf die Kirche und sagte: »Hier wohn ich. Willst mal sehen? Ist total geil.«

Ich sah an der hellroten Fassade der riesigen Kirche hoch und dann auf Helge, der etwas unsicher zu gucken schien. »Wie, in der Kirche?«, fragte ich.

»Na unterm Dach. Komm mit, ich zeig dir das.«

Wir fuhren mit einem Aufzug im Turm der Nikolaikirche hoch und gingen dann durch einen Übergang unter das Dach des Querschiffs. Der Flur sah aus wie in einem Plattenbau. Auch Helges Wohnung erinnerte daran. Ein Zimmer, eine kleine fensterlose Küche und ein Bad. Hinzu kam, dass er sich kaum eingerichtet hatte. Eine Matratze lag auf dem braunen PVC-Fußboden, es gab einen Tisch und zwei Stühle. Helge ging mit mir auf einen kleinen Balkon. Man konnte die ganze Gegend sehen. Die Dächer der Altstadt lagen tief unter uns, die Warnow, das leere Becken des alten Stadthafens und am Horizont sogar die Ostsee und ein modernes Kohlekraftwerk mit einem riesigen Schornstein. Der Dampf, der daraus aufstieg, zog quer Richtung Osten. Rostock endete immer noch an der mittelalterlichen Stadtmauer. Alles, was außerhalb lag, waren Industriegebiete, Tankstellen oder etwas weiter ein Neubaugebiet. »Satellitenstadt«, musste ich denken. Aufgeschichteter Beton. Wütend zerrte der Wind an meiner Jacke und an meinen Haaren. Die Wände des Balkons waren brusthoch und mit Blech verkleidet. Ich sah, dass es über und unter uns jeweils noch eine Etage Wohnungen gab. Rechteckige Löcher im Kirchendach, die mir von unten nie aufgefallen waren.

»Das waren Wohnungen für pensionierte Pfarrer oder Witwen der Pfaffen«, sagte Helge laut gegen den Wind. »Die bekamen zu Ostzeiten schlecht Wohnungen. Der Staat hat ganz einfach gesagt, dann lasst die doch in euren Kirchen wohnen. Na ja, und hier haben sie Ernst gemacht mit Kohle von der Bayerischen Landeskirche Mitte der Achtziger.« Er deutete auf die Baustelle der Petrikirche und zur Marienkirche, die klobig oben am Neuen Markt hockt, nur wenige hundert Meter entfernt. »Und Kirchen hatten sie genug. Mehr als Gläubige. Geht eh kaum noch einer rein. Seit '89 sowieso nicht mehr.«

Wenn ich jetzt am Nachmittag zu Hause übte, saß Andrea immer öfter in der Küche. Sie saß dort rauchend auf dem Fensterbrett und sah hinaus in die Linde, in der Helge gesessen und sein Leid herübergeblitzt hatte. Das tat er nun nicht mehr. Er bekam jetzt Marie ab und zu, sie mussten irgendeine Übereinkunft getroffen haben.

Andrea lächelte mir zu, wenn ich mir in einer Pause einen Tee kochte, sie sagte nichts, aber es war zu sehen, dass ihr mein Spiel gefiel. Ich lud sie für das nächste Konzert ein. Wir saßen vorher gemeinsam in der Küche, tranken Tee, und sie versuchte, mir mein Lampenfieber wegzureden. Sie stand irgendwann auf und schaltete den Warmwasserboiler der alten Duschkabine ein, die neben dem Fenster in der Küche stand. Er gurgelte und zischte, während Andrea weiterredete. Und dann deutete sie auf das Ungetüm und fragte: »Du oder ich zuerst?« Ich nickte ihr zu, und sie zog sich in der Küche aus und stieg durch den Vorhang mit gelben Sonnenblumen und ich hörte das Wasser rauschen, und die Pumpe der Dusche schob würgend das Wasser in den Abfluss der Spüle.

Ich verpasste einen Einsatz bei Bruckner, aber sonst lief es gut. Ich sah Andrea in der dritten Reihe sitzen. Sie trug die selben Sachen wie bei ihrer Party, und ich war glücklich, sie da sitzen zu sehen. Ich winkte ihr mit dem Bogen zu, und sie verbeugte sich mit gefalteten Händen vor der Brust in meine Richtung.

Später, als sie auf mir saß in ihrer Wohnung, als ihr Rock hochgeschoben war und ich mit den Händen ihren Busen berührte, flüsterte sie plötzlich: »Lass uns hier aufhören.« Ich fragte: »Was?«, und sie legte ihre Stirn an meine, nahm mein Gesicht in ihre Hände und sagte: »Lass uns doch hier aufhören. Vielleicht können wir dann den Moment wie in Bernstein gießen.« »Und dann?«, sagte ich verwirrt und sie lachte, schob meine Hände wieder unter ihre Bluse und küsste mich weiter.

Der Geburtstag von Andreas Mutter fand in einem chinesischen Restaurant statt. Es lag über einem neuen Supermarkt, der auf Pontons in der Warnow schwamm, unten am Hafen. Vollgestellt mit Buddhas, goldenen Löwen und einem Springbrunnen zwischen falschen Palmen. Andrea hatte mich gebeten mitzukommen. Ihre Mutter wolle mich kennenlernen und wissen, wer mit ihrer Tochter und ihrer

Enkelin in der Wollenweberstraße wohne. Auch wenn sie nichts von uns wusste. Von unseren Nächten, in denen Andrea bei mir im Zimmer schlief, wenn Marie bei Helge oben in der Kirche war. »Mir fällt es schwer, da hinzugehen. Ich verstehe mich nicht mit meinem Vater«, sagte sie, und dass sie froh wäre, wenn ich mitkommen würde. Ich sollte etwas spielen, ich wäre so eine Art Geburtstagsgeschenk und moralische Unterstützung gleichzeitig. Sie hätte mich damals um alles bitten können.

Niemand sollte etwas erfahren und mir war das ganz recht. Es war schon so aufregend genug, und ich war froh, dass Helge offensichtlich keinen Verdacht schöpfte. Er war auch in das schwankende Restaurant auf der Warnow eingeladen.

Andrea saß neben ihrer Mutter, einer kleinen pummeligen Person, deren Haare fast weißgefärbt waren und deren Gesicht Andreas weiche Züge trug, nur dass sie wie marmoriert wirkten. Ihr Vater saß schräg gegenüber in der maximalen Entfernung und Andrea würdigte ihn keines Blickes. Helge und mich hatte man nebeneinander ans Ende der Tafel gesetzt. Nach dem Essen, als geraucht wurde und Kaffee getrunken und sich die Männer der Runde darum stritten, ob Wolfgang Grams ein Jahr zuvor auf den Schienen von Bad Kleinen erschossen wurde oder sich selbst getötet hatte, fing Helge an zu erzählen. Leise, monoton, er hob dabei die Stimme nicht. Nur ich konnte und sollte das hören. Andreas Vater sagte gerade: »Den haben sie erschossen. Jeder Staat bekämpft seine Feinde. Das wird immer so sein.« Er zog an seiner Zigarette und sah in die Runde. Niemand widersprach ihm. Sein Gesicht war rund, das Haar kurz und grau meliert. Mit dem Finger schob er seine goldgerahmte Brille nach oben. Helge musterte ihn und begann zu reden.

»Horst Stüwe. Major a. D. bei der Staatssicherheit. Jetzt Inhaber einer Sicherheitsfirma. Ganz gut im Geschäft. Im Hafen, aber auch im Objektschutz. Bis Wismar und Stralsund. Der neben ihm, der kleine Dicke mit dem Schweinsgesicht, das ist Kurt Reger, sein Kompagnon. Die beiden kennen sich aus der Langen Straße, da hat Reger gewohnt. In einer konspirativen Stasiwohnung. Kurtchen hat immer sein Wohnzimmer geräumt, wenn Major Stüwe kam, um sich mit seinen Informellen Mitarbeitern zu treffen. Hat vorher schön Kaffee gekocht und vielleicht 'ne Flasche Goldkrone hingestellt. Immer hübsch aufgeräumt. Als alles vorbei war, ist Stüwe weiter zu Reger gegangen. Der konnte nun bleiben und musste nicht mehr raus aus seiner eigenen Wohnung und ein bisschen spazieren gehen. Hatten beide ja nichts mehr zu tun. Da sind sie Freunde geworden, die beiden Genossen, und haben sich die Firma ausgedacht. Kannten sich ja aus mit der Sicherheit.«

Ich sah in die Runde. Andreas Vater hatte das Sakko ausgezogen und krempelte das weiße Hemd hoch. Die Zigarette hatte er dabei zwischen den Lippen. Er redete immer noch von dem toten Terroristen. Seine Tochter spielte mit einem gelben Stoffbär, den sie immer wieder auf Marie zuhopsen ließ, so dass die jedes Mal von neuem lachte. Aber Andrea war nicht bei der Sache, das sah man. Die Bewegungen waren zu betont, das Lachen war zu laut, ihres und sogar das von Marie. Und beide hatten die Augen von Stüwe. Die gerade Nase und den gerichteten Blick, der mir schon bei Andreas Kinderfoto über ihrem Schreibtisch aufgefallen war. Helge saß neben mir am schmalen Ende des weiß gedeckten Tisches, umschloss mit der rechten Hand die Faust der Linken und sein Kinn lag auf den Daumen. Er redete weiter.

»Andrea ist zu Hause ausgezogen mit siebzehn damals. In ihre heutige Wohnung, zu ihrem damaligen Freund. Einem Kirchenfuzzi mit Fleischerhemd und langen Haaren. Zehn Jahre älter. Die große Liebe. In nichts zu erreichen, in wirklich gar nichts. Aber das ist ein anderes Thema. Sie provozierte den Alten also bis aufs Blut, ohne mehr mit ihm zu reden. War in der Petrikirche dabei von Anfang an und bei den ersten Demonstrationen. Und der olle Stüwe bekam schweren Ärger beim VEB Horch und Guck, sorgte aber dafür, dass sie nicht angefasst wurde. Sie wurde nicht angerührt. Ihr Freund wurde verhaftet, verhört, eingesperrt und wieder freigelassen, und Andrea lebte in der Wollenweberstraße zwischen den ganzen Studenten, Künstlern und Alkis und ihr passierte gar nichts. Wie unter einer Käseglocke. Alle wussten, wessen Tochter sie ist, sie hat es jedem erzählt, der es hören wollte. Aber was glaubst du eigentlich der Tochter eines Stasioffiziers?«

Er sah mich kurz an, sah dann wieder nach vorn und sagte: »Ich vermute mal, das hat sie dir nicht erzählt.« Andrea sah mich an und es schien, als wäre sie irgendwo festgebunden und könnte sich nicht mehr bewegen. Die deutsche Kellnerin kam und fragte: »Soll es noch etwas sein?« In dieser asiatischen Illusion auf der Warnow wirkte sie, als wäre sie versehentlich hier hineingeraten. Es war für einen Moment völlig still am Tisch. Dann wurden Getränke geordert und ich stand auf und griff nach meinem Geigenkasten. Ich spielte das Adagio der Solosonate Nr. 1 von Johann Sebastian Bach, schloss die Augen und spielte das für mich, für mich und Andrea, die zusammengesunken auf ihrem Stuhl saß, und ich dachte, dass man sich sein Publikum nicht aussuchen kann, nie, und dass man nur selten so viel darüber weiß wie ich jetzt.

Andrea kam leise und allein nach Hause. Ich lag in meinem Zimmer, ohne Licht, und sah hinaus in die Dunkelheit. Nach meinem Spiel war ich gegangen, hatte mich mit meinem Beruf entschuldigt und mich verabschiedet. Sie setzte sich neben mich auf die Matratze und rauchte eine Zigarette. Wir waren wortlos und nur der Rauch bewegte sich im dunklen Zimmer. Er stieg zur Decke und bildete dort eine diffuse Nebelfläche. Ich sah Andrea an, und sie sah in die

Nacht. Ich hatte Angst vor alldem. Es war so, als würde ich sie gar nicht kennen, als wären die vergangenen Wochen etwas, das mit dieser Situation, mit dieser Nacht nichts zu tun hatte. Als wäre sie mir vollkommen fremd. Sie drückte die Zigarette neben sich auf den Dielen aus und legte sich so wie sie war und mit dem Rücken zu mir ins Bett.

Am nächsten Morgen lag sie da immer noch. Ich war in den Schlaf gefallen irgendwann und ließ sie jetzt allein liegen und ging in die Küche. Dort setzte ich mich auf das Fensterbrett, so wie Andrea, wenn sie mir beim Üben zuhörte. Die Tür des Backofens war offen und das Feuer bollerte eine trockene Wärme in den Raum. Ich sah auf die Straße, auf den schmutzigen Tag. Die Bäume hatten kaum noch Blätter. Ein alter Mann mit einer Aktentasche lief vorbei. Er trug eine Schiebermütze, seine freie Hand hatte er auf den Rücken gelegt, und er sah aus, als würde er die Tasche nur noch für sich tragen, als hätte er vergessen, wohin er damit laufen musste. Eine Frau in Kittelschürze und von unschätzbarem Alter stand in einem Hauseingang und sah ihm mit verschränkten Armen nach, so wie man einem Kind nachsieht, um das man sich ein wenig sorgt. Der Turm der Petrikirche war immer noch eingerüstet und ohne Spitze. Die wurde unten neu gebaut auf dem Alten Markt vor der Kirche, aus Holz und rotem Kupfer. Manchmal war ein Schlagen zu hören von der Baustelle, ein lautes Rufen und auch das Kreischen einer Säge.

Andrea stand plötzlich neben mir, legte ihren Kopf an meine Schulter, sah hinunter und sagte: »Vielleicht sollte ich mir eine neue Wohnung suchen. Vielleicht wäre das ein Anfang.« Wir fuhren dann raus nach Warnemünde, fuhren mit dem Zug vorbei an den Neubaugebieten Groß Klein, Lütten Klein, und Lichtenhagen. Parallel zu den Gleisen liefen zwei meterdicke graue Fernwärmeleitungen, graffiti-besprüht und trostlos. Ich mochte es trotzdem, wie sie uns begleiteten. Andrea hing an meinem Arm wie eine Kranke. Sie war still und wollte auch nichts essen, als ich mir am Alten Strom in Warnemünde ein Fischbrötchen kaufte.

Wir liefen vorbei an den kleinen Kapitänshäusern, und an der geschwungenen Betonmuschel des Tee-potts verließen wir die Promenade und gingen durch die Dünen ans Meer. Der Wind kam von vorn, wir mussten uns richtig dagegenlehnen, etwas nach vorn beugen, und es verschlug uns im ersten Moment den Atem. Wir ließen den Leuchtturm hinter uns und später das Neptunhotel. Wir gingen vorwärts, ohne zu reden. Kilometerlang.

»Er ist ja mein Vater«, sagte Andrea auf dem Weg zurück. Der Wind drückte nun kalt von hinten ge-gen die Beine. Vor uns nur der leere Strand und in einiger Entfernung konnte man Warnemünde und den Hafen sehen. Sie hatte sich nicht mehr bei mir eingehängt, sondern ihre Hände tief in ihren oliv-grünen Parka vergraben. Starr blickte sie vor ihre Füße. »Als ich kapiert habe, was er macht und wie pervers das alles ist, als ich im Abitur war und Lukas kennengelernt hatte, eher durch Zufall, da gingen mir die Augen in wenigen Tagen auf.« Sie sah mich an. Ich erzählte ihr, was mir Helge im Restaurant gesagt hatte.

»Helge, ja. Hat er auch erzählt, dass Lukas heute wieder bei seinen Eltern lebt? Nach zwei Jahren Psychiatrie. Der ist aus dem Knast in der Augustenstraße wiedergekommen und war nicht mehr er selbst. Er wusste da drinnen nicht mehr, wie spät es war, geschweige denn, welcher Tag, sie haben ihn nicht schlafen lassen und immer neue Schergen haben ihn verhört. Zehn Wochen ging das, und dann haben sie ihn einfach wieder rausgelassen. Das hat gereicht. Ich bin mir sicher, dass mein Vater damit zu tun hat. Aber Helge hat auch recht. Ich bin von einem Vater zum nächsten gelaufen. Lukas konnte mir immer alles erklären. Hat mir eine ganz neue Welt gezeigt. Ich hing an seinen Lippen im mehrfachen Sinn. Die Bücher in meiner Wohnung, das sind alles seine. Nach dem Knast kam er wieder zu mir. Aber das ging nur ein paar Wochen gut. Er glaubte, dass er Leute verraten habe, ohne dass er wirklich sagen konnte, was. Keiner unserer Freunde hat auch bisher etwas darüber in seinen Akten gefunden. Und sie hatten ihm in den Verhören Dinge erzählt, die nur ich wissen konnte. Die Wohnung war verwanzt von oben bis unten. Aber das wussten wir da ja noch nicht. Und ich war immerhin die Tochter von Major Stüwe. Er hat versucht, mir zu glauben. Trotzdem, irgendwann richtete sich sein ganzer Hass gegen mich. ›Du Stasischlampe‹, hat er immer wieder geschrien am Ende.«

Sie weinte und griff nach meiner Hand. Dann schoss sie einen Stein über den nassen Sand und sah mich an, umarmte und küsste mich.

»Ich habe meinen Vater einmal getroffen in der Stadt. Auf dem Neuen Markt, da hieß er noch Ernst-Thälmann-Platz, aber die Mauer war schon offen. Wir blieben voreinander stehen, wie bei einem Duell, und ich wollte ihn anschreien, wollte ihn nach Lukas fragen. Aber ich habe nichts rausgebracht, wie in einem Albtraum, in dem man nicht schreien kann, weißt du. Nur dass das kein Traum war. Er sah mich an und ich konnte nichts in seinem Gesicht erkennen, keine Scham, kein Bedauern, auch keine Liebe für mich, und dann ist er einfach weitergelaufen, ohne ein Wort.«

»Und warum bist du dann gestern da hingegangen?«

»Na, wegen meiner Mutter. Sie ist ein dummes Schaf, sie ist ihm immer hörig gewesen, aber litt schrecklich darunter, dass sie mich nicht mehr gesehen hat. Ich habe jetzt selbst eine Tochter, und dann siehst du Dinge plötzlich anders. Sie hat mich vermisst, und ich habe mich heimlich mit ihr getroffen, und dann hat sie mich überredet, zu ihrem Geburtstag zu kommen. Das war ihr einziger Wunsch. Und meinen Vater, na ja, den hast du ja gesehen.«

Ich nahm einen flachen Stein und warf ihn auf das

Wasser. Er sprang drei Mal, bevor er unterging und ich drehte mich wieder zu Andrea und bevor ich etwas sagen konnte, fragte sie: »Und Helge?« Ich nickte.

»War da. Fing mich auf, nachdem das mit Lukas eskalierte und er nach Gehlsdorf in die Psychiatrie kam. Helge war als Pharmaziestudent nach Rostock gekommen, hatte eine Wohnung besetzt und ging in die Petrigemeinde. Er glaubte auch nicht an Gott, wie ich, nur ich hätte gern an Gott geglaubt. Vielleicht wäre das der richtige Vater gewesen. Helge war da nur aus politischen Gründen. Und er mochte mich, war verliebt in mich. Und ich wollte ein Kind, ganz schnell, und er hat sich so gefreut damals.«

»Und was ist mit mir?«, fragte ich schließlich und Andrea griff nach der Kapuze meiner Jacke. »Ach du«, sagte sie und küsste mich.

Stüwe stand nur zehn Meter von mir entfernt, ein paar Tage später. Er sah sich an, wie das Dach der Petrikirche von einem Kran aufgesetzt wurde an einem trüben Tag im November. Major Stüwe, dachte ich sofort. Er trug eine Wildlederjacke mit einem weißen Fellkragen und neben ihm stand sein Kompagnon, dessen Namen ich wieder vergessen hatte. Sie waren wie viele andere runter zum Mühlendamm an die Warnow gekommen, um sich das Spektakel anzusehen. Sogar wir im Orchester hatten extra die Proben dafür unterbrochen. Andrea war mit Marie oben bei Helge in der Nikolaikirche, wo der Blick »einmalig war«, wie sie sagte. Ich war eifersüchtig, es war mir unmöglich, dorthin zu gehen, und ich wäre auch nicht erwünscht gewesen in Helges Wohnung. Mein Pultnachbar, ein alter Rostocker, empfahl mir den Mühlendamm. Er selber wollte sich aufs Ohr hauen, ihm sei die Petrikirche »schietegal«.

Langsam schob ich mich vorbei an den Schaulustigen auf Stüwes Rücken zu. Ich ging Meter um Meter näher an ihn ran. Wie war das für ihn, als er seine eigene Tochter überwachen ließ? Hatte er zugehört, wenn Andrea und dieser Lukas miteinander im Bett waren? Ich sah Andreas Gesicht vor mir, wie sie mit geschlossenen Augen auf mir saß auf der Matratze in meinem Zimmer, wie sie leise stöhnte, wimmerte und wie das manchmal fast in ein Lachen überging und dann wieder in ein Stöhnen. Hatte er selber das gehört oder hatte er das andere machen lassen?

Der Kran hob das hohe, spitze Turmdach an, die einzelnen Segmente waren noch mit kleinen Holzgerüsten verbunden, die aussahen wie Verbände. Leicht zitternd stieg es langsam in die Luft und da plötzlich drehte Stüwe sich um und sah mich an. Seine Gesichtszüge entspannten sich zu einem Lächeln, und er reichte mir die Hand. »Der Paganini, sehr schön«, sagte er und dann zu seinem verständnislos stierenden Freund. »Der junge Mann hat doch bei Gerdas Geburtstag Violine gespielt. Weißt du noch? Er ist, wie sagt man dazu jetzt, ihr ...« Er ließ mich das Wort »Mitbewohner« sagen, und ich war erstaunt, es aus meinem Mund zu hören.

Die Spitze hatte fast den quadratischen Backstein-stumpf erreicht, auf den sie gesetzt werden sollte. Stüwe sagte: »Anglo-amerikanische Einheiten haben Rostock schwer bombardiert im April '42. Jetzt wird die Spitze wieder aufgesetzt.« Von Andrea wusste ich, dass die DDR-Führung den Wiederaufbau des hohen Turms verhindert hatte und auch, dass Stüwe und seine Genossen alles, was in der Kirche vor sich ging, überwacht hatten. Jetzt stand er da mit den Händen in den Taschen, und als das Dach den Turm erreichte, sagte er: »Sieht schon schöner aus.«

»Warum haben Sie das gemacht?«, hörte ich mich sagen, und als Stüwe mich ansah, da fragte ich noch einmal: »Warum haben Sie das gemacht damals mit Andrea und diesem Lukas und all den anderen?«

Er sah wieder auf die Kirche und sagte: »Ich will hier ja nicht belehrend sein, aber Nachrichtendienste gibt es heute auch. Und zu der Maßnahme mit Lukas Benthin: Es hätte andere Möglichkeiten gegeben, auf sich aufmerksam zu machen. Er hat die falschen ge-wählt. Ich hatte damals staatsfeindliche Aktivitäten abzuwehren und die kriminellen Elemente dort in der Petrikirche konnten wir nicht dulden. Lukas Benthin war führend bei den staatsfeindlichen Akti-vitäten. Mit meiner Tochter hatte das gar nichts zu tun. Er hat nur seine Kräfte und seine Freunde völlig überschätzt.«

Kurz sah er mich an und dann wieder auf die Kir-che und das neue Dach. Er schob seine Brille höher auf die Nase, wie bei dem Geburtstagsfest, und redete weiter. »Heute setzt man eher auf Kameras. Technik ist auch wichtig, aber wir haben mit der Quelle Mensch gearbeitet, die in die Tiefe des anderen eindringen konnte. Das können Sie mit Technik nicht. Glauben Sie mir, wir wollten den jungen Mann sogar wieder in das gesellschaftliche Leben integrieren. Ich habe mich mehrfach bei den Kollegen in der psychiatrischen Abteilung erkundigt. Aber dazu war er wohl einfach zu labil.«

Dann ließ er mich stehen. Nickte mir zu und schob seinen Kollegen, der die ganze Zeit über nach vorn gestarrt hatte, durch die Menschenmenge und sagte im Gehen: »Das waren ganz andere Zeiten damals.« Ich unterdrückte den Wunsch, ihm hinterherzulaufen und ihm in die Fresse zu schlagen. Lieber noch hätte ich ihn verstanden, wirklich verstanden, was er meinte. Ich wusste auch, dass hinter der Petrikirche, oben in der Nikolaikirche, in dieser absurden kleinen Wohnung, Andrea stand, mit Helge und ihrer gemeinsamen Tochter. Helge, der alles tun würde, um Andrea zurückzubekommen. Vielleicht standen sie nebeneinander. Vielleicht saß Marie auf Helges Schultern und Andrea hatte sich rauchend auf die Brüstung gelehnt. Was dachte sie jetzt und was fühlte sie jetzt? Der Kran setzte das Dach ab. Etwas war repariert. Die Leute um mich herum klatschten, es war kein Jubel zu hören. Nur ein Applaus, der langsam lauter wurde.

Bergman ist tot

Man muss sich das vorstellen. Anders geht es nicht. Eine schwedische Insel im September, ein Mann und eine Frau, vielleicht 300 Meter auseinander. Die Frau, Anfang dreißig, sitzt auf einem langen Badesteg aus grauschwarzem Beton, ganz am Ende, dort wo ein kurzer Quersteg den hundert Meter langen Weg über das Wasser beendet. An der Seite führt eine kleine Leiter ins Wasser. Da lehnt sich die Frau mit dem Rücken an das Metall, hat die Arme um die Beine geschlungen und sieht auf das Meer und auf die Sonne, die noch orange über dem Horizont hängt und ihren Untergang ankündigt. Aber der wird erst in Stunden sein. Die Wellen der noch sommerblauen Ostsee sind nicht hoch, aber hoch genug, dass einige ab und zu unter den Steg aus Beton schlagen und wie gedeckelt Richtung Land ziehen. Die Frau hat ein rundes Gesicht und trägt eine Alltagsfrisur, einen flüchtig geflochtenen Zopf mit rotem Haargummi am Ende. Die Brille lässt ihr Gesicht runder erscheinen, als es ist, und gibt ihm etwas Unaufmerksames, Schläfriges. Die Züge ändern sich komplett, wenn sie die Brille abnimmt.

Der Mann könnte sie sehen von dort, wo er sitzt, aber es ist nicht klar, ob er das will. Er ist Mitte vierzig und sitzt vor einem kleinen Bungalow auf einer leicht ansteigenden Wiese. Eine Straße und der schmale Steinstrand liegen zwischen ihm und dem

Steg, auf dem die Frau sitzt. Neben und über ihm stehen exakt die gleichen Bungalows, nur dass die alle unbewohnt sind. Hellblaue Holzhäuser mit einem weißen Dach, das über eine kleine Veranda gezogen ist, auf der er sitzt in einem dieser geschwungenen weißen Plastikstühle, die es auf der ganzen Welt gibt, wohl weil man sie so gut abwischen, stapeln und tragen kann. Neben dem Mann stehen eine Literflasche Single Malt Whisky aus dem Duty Free Shop und ein halbvolles Glas, das, wenn er es vor die Augen hält, die Frau komplett verdeckt. Er trägt ein blaues Basecap, auf dem »New rk« steht, die Buchstaben »Yo« sind abgetrennt worden. Den Schirm hat er tief ins Gesicht gezogen.

Lisa erzählt mir das alles. »Ich habe mich die ganze Zeit gefragt, ob er mich sieht, ob er auf meinen Rücken sieht oder ob er einfach vorbei und übers Meer guckt.« Wir sitzen in der Kantine und sie umschließt ihre Tasse mit beiden Händen und sieht zu mir herüber. »Noch schlimmer war der Gedanke, dass er einfach reingegangen wäre oder eingeschlafen auf seinem ollen Stuhl. Ich konnte mich schlecht umdrehen und das kontrollieren. Aber als ich nach zwei Stunden wiederkam, saß er immer noch da, das habe ich schon vom Wasser aus gesehen.«
Sie erzählt mir die ganze Geschichte in nicht einmal einer halben Stunde. Ich esse dabei und höre ihr zu. Sie trinkt Kaffee, sie isst fast nie zu Mittag. Aber manchmal holt sie mich um diese Zeit ab, wenn die

ganze Belegschaft mit einem blödsinnigen »Mahlzeit« durch die Gänge zieht, als wären wir eine Kuhherde, die sich anblökt. Lisa kommt und wir gehen essen. Das hier ist ein Bundesverband, wir machen Lobbyarbeit, das heißt, die machen das, denn ich arbeite nur in der Werbeabteilung und Lisa ist Justiziarin. Sie sitzt in einem kleinen Büro in der zweiten Etage. Der Raum ist eingerichtet, wie das Wort Justiziarin klingt, mit ein paar Regalen, Aktenordnern und einer Flasche Wasser. Lisa kann auf den Alexanderplatz sehen, aber mit dem Blick aus der Kantine, die acht Stockwerke höher liegt, ist das nicht zu vergleichen. Von hier sieht man nicht nur den grauen Platz mit seiner schmerzenden Alltäglichkeit, sondern auch die Friedrich Werdersche Kirche, den aufgeblasenen Dom und die Spree. Die Kugel des Fernsehturms schwebt über all dem. Vor Lisas Schreibtisch hängt eine Marathonurkunde mit ihrem Namen. 4 Stunden 22, gelaufen in Hamburg, so als wollte sie sich selbst erinnern, wozu sie fähig ist. Man sieht ihr das nicht an. Sie ist klein und zierlich und trägt fast immer graue oder dunkelblaue Hosenanzüge hier bei der Arbeit. Wenn sie in das Großraumbüro der Werbeabteilung kommt, gucken die Männer. Immer wieder, und ich weiß auch, dass sie über uns reden.

Dabei hab ich sie durch ihren Freund Rainer kennengelernt. Lisa und ich wussten zuerst gar nicht, dass wir im selben Laden arbeiteten. Wir wohnen alle drei in der Auguststraße seit Jahren und ich kenne Rainer noch aus der Zeit, als er Galerist war in dieser Straße, in der es bald nichts anderes mehr gab als gehandelte Kunst. Ich habe einmal bei ihm zwei kleine Zeichnungen gekauft, weil ich mich in sie verliebt hatte, ein paar Bleistiftstriche von geometrischer Schönheit; so kamen wir ins Gespräch. Erst über den Künstler und dann später über mehr. Wir wurden keine Freunde oder so etwas. Ich weiß gar nicht, ob man mit Rainer befreundet sein kann. Der Wert meiner Zeichnungen hat sich inzwischen vervielfacht, aber ich habe trotzdem nie wieder etwas gekauft, und die Bilder hängen auch nicht mehr in meiner Wohnung. Sie haben mich irgendwann gelangweilt.

Rainer hat eine der Ostbiografien, wie es sie nur direkt nach dem Mauerfall gab. Er hatte irgendwas in Berlin studiert, dann abgebrochen und in der Auguststraße eine Kneipe eröffnet, eher eine Bar oder eben eine Mischung aus beidem und vielleicht war das das Besondere. Es gab in der schönen breiten Straße hinter der Synagoge an der Oranienburger Straße noch kaum Kneipen, und Rainer war fünfundzwanzig Jahre alt und die Kneipe wurde sein erster großer Erfolg. Er verkaufte ein paar Jahre später und eröffnete mit einem Freund die Galerie. Wieder gehörten sie zu den Ersten und einige der Künstler, die sie vertraten, standen in der Bar hinter dem Tresen. Er hatte ein Händchen, aber auch hier hörte er auf. In beiden Fällen, bevor er den Zenit erreichte, und, wie er sagte, um nicht vor Langeweile zu sterben. »Dieses Disneyland für Münchner und Hamburger Kunstschicksen«, sagte er und dass er wegziehen werde, wenn seine Wohnung frei für den Markt würde. Sie gehört ihm, aber das Haus war Anfang der Neunziger eines der Selbsthilfeprojekte, deren Bewohner mit finanzieller Unterstützung des Senats die Wohnungen selbst renoviert hatten, sie aber dafür zwanzig Jahre lang nur zu einem festgelegten, sehr geringen Preis verkaufen dürfen. Die Zeit ist bald um.

Wo Rainer dann wohl hinzieht? Seinen neuen Laden hat er auf jeden Fall im Wedding eröffnet. Ecke Bernauer-/Brunnenstraße. Da, wo im August 1961 die Leute aus den Fenstern sprangen, nur auf der anderen Straßenseite. Die Brunnenstraße zieht zweispurig hoch vom Rosenthaler Platz aus. Weg von der schicken Mitte Richtung Wedding. Auf diesem Zwischenstück funktionierten für Jahre nur Bäckereien und Puffs. Aber seit zwei, drei Jahren, seitdem die Szene um die Auguststraße in Gips gegossen ist, wie Rainer sagt, haben sich hier kleine Galerien angesiedelt. Off-Galerien, aber durchaus auch ein paar namhafte.

»Die Phantasie von denen bleibt an der Mauer hängen«, sagt Rainer. Er ist einfach über die Bernauer Straße gegangen. Der Wedding, also der Westen, sieht hier aus, wie viele sich den Osten vorstellen, Beton aus den siebziger Jahren über mehrere Etagen. Drüben ist es umgekehrt, da wird jedes Dachgeschoss ausgebaut und die Altbausubstanz saniert. Rainer hat das Eckgeschäft gemietet, das seit

Jahren leer stand. Die Arbeitslosigkeit ist hoch und wer hier wohnt, hat seine Wurzeln eher in Anatolien als in Bayern. Rainers Laden ist zweigeteilt, er hat sich von einem Tischler MDF-Regale in die Mitte bauen lassen; die eine Seite wurde Spätverkauf und die andere so etwas wie ein Bistro. Er verkauft eine Art Bioladensortiment: Butter, Pizza, Käse, gute Qualität zum doppelten Preis. Nach dem Ladenschluss der anderen Geschäfte um 20 Uhr öffnet er und im Bistro gibt es belegte Brote, Bouletten, Würstchen und eine Tagessuppe. Man kauft das, was man vergessen hat, und steht dann, trinkt Bier oder Wein und Rainer zeigt Fußballspiele. Sie kommen fast alle rüber über den Streifen, der früher mal die Mauer war und jetzt begrenzt wird durch die Rückseiten der renovierten Häuser. Der Park werden soll oder Gedenkstätte, aber eigentlich wächst hier nur Unkraut, hüfthoch. »Latte-Land«, sagt Rainer und deutet mit dem Kopf Richtung Mitte. Das hat er von den Weddinger Türkenjungs und ein bisschen sieht er wirklich aus, als würde er nicht dazugehören.

Direkt vor der Tür hält alle zehn Minuten die Straßenbahn und eine Menschengruppe scheint für einen Moment auf den Laden zuzulaufen, um sich dann zu zerstreuen, und das Ampellicht wechselt vor der Scheibe im Sekundentakt. Rot, gelb, grün, manchmal glänzt sogar der Asphalt. Der Verkehr rauscht die ganze Nacht und an den Wochenenden ist so lange geöffnet, bis die Partygänger zum Frühstück kommen.

In Rainers Laden habe ich im Sommer auch das erste Mal von Gotland gehört und von Farö. Wir standen in einer Gruppe um einen Tisch vor der Tür auf dem Bürgersteig. Es war noch hell, aber es muss schon nach neun gewesen sein. Lisa kam in Jeans, hellrotem T-Shirt und mit offenen Haaren. Fast nichts erinnerte an die Justiziarin aus dem Verband. Es gab verschiedene Arten für sie, Rainer zu begrüßen und dieses Mal ging sie direkt auf ihn zu. Er stand allein im Laden an einem Tisch und las die Zeitung des nächsten Tages, die er gerade einem Straßenhändler abgekauft hatte. Er lächelte, sie legte die Zigaretten auf den Tisch und sagte: »Bergman ist tot. Gestern gestorben.«

Das Lächeln der Begrüßung stand noch in seinem Gesicht. Aus ihrer Tasche zog sie ein gefaltetes DIN-A4-Blatt, legte es vor ihn auf den Tisch und sagte: »Ich habe Flüge gebucht nach Visby auf Gotland, und dann fahren wir von dort aus nach Farö. Weißt du noch, wie wir davon gesprochen haben, dass wir da mal hinfahren sollten? Wenn der Sommer vorbei ist und die Touristen weg sind, dann will ich mit dir nach Farö.«

Rainer sah sie an und dann auf seine Zeitung, zeigte mit der Hand auf die Blätter und sagte: »Antonioni ist auch gestorben. Fahren wir danach nach Rom?« Lisa sah ihn absolut ausdruckslos an, steckte sich eine Zigarette an und als sie den ersten Rauch ausgestoßen hatte, griff er ihr in den Nacken, zog sie zu sich heran und küsste sie.

Während ich in der Kantine hoch über dem Alexanderplatz eine Kohlroulade mit Stampfkartoffeln esse, erzählt mir Lisa von ihren Tagen in Schweden. Rainer wollte da nicht hin. Er fühlte sich übergangen, und vielleicht suchte er nur einen Grund zum Streiten. Seit sie vor einem Jahr zusammenkamen, streiten sie sich ständig, aber ich dürfte einer der wenigen Menschen sein, die das wissen. Sie streiten sich eigentlich nie vor Publikum und in manchen Nächten, in Rainers Laden, wenn sie nebeneinanderstanden und miteinander redeten und lachten, ineinander versunken, dann verstand ich auch, warum sie sich liebten oder das zumindest glaubten.

Aber Lisa hat mir zu oft von ihren Kämpfen erzählt, von ihren Streits, von dem, was auf so einen harmonischen Abend folgte. Ich weiß nicht, warum gerade ich das immer wieder hören sollte, vielleicht weil ich beide nur aus der Entfernung kenne.

»Wir waren in Stockholm gelandet und wurden dort von überlebensgroßen Postern begrüßt«, sagt Lisa und deutet über meinen Kopf, als wären dort welche zu sehen. Von Abba, Björn Borg und Ingmar Bergman. Rainer sah mich an und fragte: »Hast du das aufhängen lassen?« Ich schaltete auf Durchgang.

Wir saßen für zwei Stunden in einem kleinen Terminal direkt neben dem Rollfeld und warteten auf die Propellermaschine, die uns nach Visby bringen sollte. Rainer sprach mit einer Ukrainerin, einer Künstlerin. Sie waren mal zur gleichen Zeit auf der

Art Basel gewesen und taten beide so, als würden sie sich daran erinnern. Sie sah bizarr aus, Mitte fünfzig, mit fransigen Haaren und einer großen runden Sonnenbrille. Sie sagte zu Rainer auf Englisch: »Du musst dir die Schiffsgräber ansehen, das ist unglaublich, und dann fahr nach Farö und du verstehst Bergmans Filme.« Rainers Gesicht gefror, und er hätte sie am liebsten stehen lassen, aber dann hätte er sich mir zuwenden müssen, und so hörte er der Künstlerin weiter zu und ahmte später ihr ständiges: »My goodness« nach.

Das erste Mal, dass er lächelte, war, als er den Wagen sah, den ich über das Internet gemietet hatte. Es war ein etwa fünfzehn Jahre alter goldener Passat, den uns ein Freak namens Tommy in einer roten Latzhose am Flughafen in Visby übergab. Er saß in einer kleinen Holzhütte, die aussah wie eine Sauna. Der Wagen hatte über 300 000 Kilometer auf dem Tacho und wenn ich schaltete, hatte ich das Gefühl, irgendetwas umzurühren, die Gänge schlugen krachend ein. Ich hatte extra den Bungalow in der kleinen Feriensiedlung am Rande von Visby gebucht für die ersten Nächte. Man konnte die Stadtmauer sehen und wir waren hier ganz allein, und auch das gefiel Rainer, das war zu merken. Ein Bett, eine kleine Küche, ein Tisch, zwei Stühle. Aber als ich vorschlug, am Meer entlang spazieren zu gehen, sagte er: »Leck mich, du kannst alleine gehen. Das ist deine Scheißreise.« Wenig später saß ich auf dem Betonsteg und er mit seinem Whisky vor der Hütte.

Gegen Abend gingen wir nach Visby zum Essen. »Waffenstillstand« würde ich das nennen. Durch die vollständig erhaltene Stadtmauer. »Hier haben sie die Pippi-Langstrumpf-Filme gedreht. Wusstest du das?«, sagte ich und er lachte und sagte: »So sieht es auch aus.«

Die Mauer bestand aus Kalkstein und die Häuser waren teilweise aus Holz, klein und einstöckig mit hellroten Dächern. Die Straßen schmal, vor fast jedem Haus wuchsen Rosen. Das Grün der Stiele und Blätter schmiegte sich an die Fassaden und die Blüten in roten und gelben Tönen hingen in Kopfhöhe schwer herunter. Es war still und wirkte unbelebt. In der Mitte des Marktplatzes stand eine gewaltige Kirchenruine, das Dach fehlte komplett und es wirkte wie ein prähistorisches Tierskelett. »Nach der Reformation sind die Menschen in die Kirchen gegangen und haben sich die Steine geholt, und so sind hier die ersten Steinhäuser entstanden«, sagte ich. Rainer sah sich die angestrahlte Ruine an und sagte: »Das ist mal ein interessanter Umgang mit Gott.«

Es hätte gut werden können, aber es ging nicht gut. Ich fand ein kleines Fischrestaurant, nicht zu kitschig, mit gläsernen Bojen und Netzen an der Wand. Rainer aß gebratenen Hering, trank Bier, nickte und sagte: »Ausgezeichnet.« Später im Bungalow wollte er Sex und ich nicht und dann hatte er mich fast herum und dann ging es nicht. »Er bekam keinen hoch, warum auch immer. Und ich habe einen Witz gemacht, ganz harmlos und wenig später haben wir uns schon geschlagen.«

Lisa sieht mich über ihre Kaffeetasse an, und ich sehe in die Reste meiner Kohlroulade. Männer reden nicht über so was. Nicht so ausführlich, meine ich. Ich habe noch nie von einem Mann gehört, dass er keinen hoch bekommt. Lisa sieht aus dem Fenster über das Grau der Stadt im herbstlichen Regen und sagt: »Wir waren nackt und während ich da kreischte und versuchte, mich zu verteidigen und ihn irgendwie zu treffen, pendelte sein Schwanz dauernd durch die Luft, und ich musste so lachen. Das sah so unglaublich komisch aus. Rainer lief dann raus, nackt wie er war. Als er wiederkam nach einer Weile, legte er sich wortlos aufs Bett und schlief ein. Sein Körper war eiskalt, das habe ich bis zu mir rüber spüren können. Ich hätte ihn gern in den Arm genommen, aber ich habe mich nicht getraut.«

Der folgende Tag war harmlos und am Morgen des nächsten fuhren wir los. Richtung Farö. Die kleine Insel liegt nördlich vor Gotland, nur wenige hundert Meter entfernt. Wir fuhren durch die flache Landschaft, die Blätter waren noch nicht verfärbt, nur der Morgensonne fehlte die Kraft des Sommers. Gotland war absolut leer. Es kam uns kaum ein Auto entgegen, hin und wieder gab es Dörfer, die im Wesentlichen aus einer großen Steinkirche bestanden und aus wenigen – für die Größe der Kirchen viel zu wenigen – Holzhäusern.

»So stell ich mir Amerika vor«, sagte Rainer vom Beifahrersitz aus. Er hat keinen Führerschein, aber vermutlich würde er sich auch fahren lassen, wenn er einen hätte. »Die Frage ist nur: Wer kopiert wen?«, schob er nach.

Lisa sagt mir, dass sie in dem Moment dachte, dass es ein guter Tag werden würde. Ein guter Tag. Ich sehe sie nicht an und steche in die leuchtend grüne Götterspeise. Ich mag es, wenn die dicke Vanillesoße langsam in den Riss hineinläuft wie in ein Gestein und wie man das sehen kann durch die gläserne Schale hindurch. Lisa redet sich langsam in Rage.

Rainer stieg nicht aus bei den Schiffsgräbern aus der Bronzezeit, die im Wald versteckt und völlig erhalten waren. Als ich zurückkam und davon erzählte, wie absolut still es dort gewesen sei, kein Vogel zu hören, kein Knacken, nichts, da sagte er: »Es wird Herbst, meine Liebe.«

Wenn ich aus den Kirchen kam, fragte er: »Was gab es diesmal? Einen besonders schönen Wikinger am Kreuz?« »Nein, einen sehr schönen Christopherus an der Wand im blauen Gewand mit Beinen wie ein Storch.« »So, so«, sagte Rainer und drehte sich zu mir. »Rührend, die Protestanten, jetzt fällt ihnen nichts mehr ein und sie legen die Wandmalereien wieder frei, die sie vorher einfach übermalt haben.« Er lächelte entspannt. »Ich will dir was erzählen: Wir bekamen in der Schule mal einen Staatsbürgerkundelehrer. So in der neunten Klasse. Er war vorher irgendwo ein hohes Tier gewesen und in Ungnade gefallen, aber definitiv kein Lehrer. Das Fach war einfach für die Schüler, wenn man nicht völlig auf den Kopf gefallen war. Immer dieselbe Soße. Die meisten Lehrer regierten mit Angst. Wer etwas Falsches sagte, war gegen den Staat.« Ich drehte mich ihm ebenfalls zu und steckte mir eine Zigarette an. Ich hatte die Geschichte schon einmal gehört, aber beschlossen, sie Rainer noch einmal erzählen zu lassen, auf dass seine gute Laune bliebe. »Dieser ehemalige Bonze, seinen Namen habe ich vergessen, glaubte aber tatsächlich den ganzen Unsinn, den sie uns da erzählten. Er wollte uns wirklich überzeugen vom Sozialismus. Nun war das in den achtziger Jahren schon relativ schwer. Dafür aber umso leichter, ihn aus der Fassung zu bringen. Man musste nur möglichst naiv eine Frage stellen: ›Aber wie können wir den Westen denn überholen, ohne ihn einzuholen?‹, und schon schwamm er. Und er litt. Er schnitt uns nicht einfach das Wort ab wie die anderen und machte uns nicht klein, sondern er wollte, dass wir mit ihm gehen. Ich glaube, er war der gläubigste Mensch, den ich kannte.«

Irgendwann standen wir an der Fähre nach Farö. Die Straße endete einfach und man musste auf das Schiff warten, das man auf der anderen Seite liegen sehen konnte. Rainer stieg aus und sprach mit einer älteren Schwedin, die am Auto hinter uns lehnte. Nach einer Weile kam er wieder, sah mich an und sagte: »Sie macht Fotos von Farö, für das Filmfesti-

val in Göteborg nächstes Jahr. Wegen Bergman.«
Und dann lachte er, platzte richtig raus, nahm sein
Basecap ab und schlug die Hände vor das Gesicht.
»Mein Gott, das ist doch nicht normal. Auf ein paar
Helden haben wir uns geeinigt, über die hörst du
kein böses Wort. Kafka, die Callas, Michelangelo.
Und definitiv Bergman. Der gehört ganz offensichtlich dazu.« Ich sah ihn an und sagte: »Weißt du noch,
nach *Schande* habe ich zum ersten Mal, seit ich in
Berlin bin, nachts die Wohnungstür abgeschlossen,
und nach der *Stunde des Wolfs* hattest du einen
Alptraum. Wusstest du, dass du immer lachst am
Ende deiner Alpträume, noch im Schlaf? Und wenn
ich dich frage, was ist, dann sagst du, du würdest es
mir morgen sagen, aber dann hast du es immer vergessen.« Rainer sah durch die Frontscheibe auf die
näherkommende Fähre: »Ja, aber dann haben wir uns
an Bergman gewöhnt. Man gewöhnt sich immer an
alles. In den sechziger und siebziger Jahren muss das
hier das reichste, friedlichste und demokratischste
Land überhaupt gewesen sein. Und der dreht solche
Filme. Vielleicht muss man kalt sein wie ein Fisch,
um das zu können.«

»Nein, ich glaube, dass man gucken muss wie ein
Fisch, dass die Augen immer offen sein müssen«,
sagte ich und an seinem Lächeln konnte ich sehen,
dass ihm das gefiel.

Lisa würde gern rauchen, aber das ist in der Kantine
seit einem Jahr verboten. Sie trommelt fast mit den

Fingern auf den Tisch. Ich will sie noch nicht rauchen lassen und nehme mir Zeit mit meinem Dessert. Sie schlägt mit dem Löffel gegen ihre leere Tasse und redet weiter.

Wir kamen an diesen Strand, an den ich wollte. Erst gab es keine Bäume mehr und nur noch Schafsweiden, auf denen irgendwann nicht einmal mehr Schafe standen. Und dann der Strand mit den Steinrauken. Es sah aus, als wäre hier etwas explodiert. Wir stellten das Auto ab und liefen über die Steine auf die zackigen Kalksteinsäulen zu, die zum Teil wie Figuren aussahen, wie ein Hund oder eine Maske, und direkt am Meer standen. Sie waren über fünf Meter hoch und das Wasser vor ihnen hatte ebenfalls die Farbe von Gestein. Rainer war fast gerannt. Er stand vor den Säulen, deutete über den Strand aus großen groben Steinen und sagte: »So was habe ich noch nie gesehen.«

Es war eine abweisende und zugleich überwältigende Landschaft. Mir gelang es nicht, mir den Strand mit einer warmen Sonne vorzustellen. Ich zog die Schultern hoch, als ob ein Sturm gehen würde. Aber das war gar nicht so. Auch Rainer redete viel zu laut, als ob er gegen etwas anreden müsste. Er saß in einer der Rauken mit einem Loch in der Mitte. Da war er hineingeklettert und sah zu mir hinunter.

»Als du die Kassette mit den Bergman-Filmen in meinem Regal gesehen hast, hatte ich die längst vergessen. Irgendwer hatte sie mir vor Jahren zum

Geburtstag geschenkt. Und ich hatte ja nicht einmal einen DVD-Player. Den hast du angeschleppt und den ersten Film haben wir sogar auf deinem Laptop gesehen. Ich hatte dich nur aufgegabelt, weißt du. Es hätte auch eine andere sein können. Vielleicht hätte ich darauf achten sollen, dass sie kein Laptop dabei hat. Aber nach diesen Filmen war ja nichts mehr möglich. Nur Trinken und Schlafen, wenn das denn ging. Und du wolltest darüber reden, natürlich. Der hat mir einiges versaut, der gute Ingmar. Und dass ich mir für das bisschen Sex seine ganzen Filme ansehen musste, wer hätte das gedacht.« Er konnte sehen, wie ich gegen die Tränen kämpfte, aber er redete weiter. »Das einzige in meinem Leben, was ich über Bergman gelesen habe, war ein Interview zu seinem Geburtstag. Ich glaube, es war der achtzigste. Und als der Journalist ihn fragte, was er an seinem Geburtstag machen werde, sagte Bergman, dass er auf Farö in seinem Haus sitzen werde mit einer geladenen Flinte. Um auf jeden zu schießen, der sich ihm nähert. Das fand ich schon gut. Aber wenn ich daran denke, dass er hiervon sprach. Meine Herren.«

Ich drehte mich um, bevor die Tränen kamen. Das Sonnenlicht war durch die Wolken gebrochen wie ein Fächer und schlug hart auf den goldenen Passat. Mechanisch stapfte ich die Anhöhe hoch, stieg in den Wagen und fuhr los. Jeden Gang fuhr ich aus, so schnell es ging. Dann im Rückspiegel sah ich Rainer, wie er merkwürdig nach vorn geworfen dastand, als hätte er versucht, den Wagen festzuhalten, und dann krachte der Stein auf die Heckscheibe und die riss blitzschnell und es war nichts mehr zu sehen. Ich fuhr mit der selben Geschwindigkeit weiter und sah im Seitenspiegel, wie Rainer sich aufgerichtet hatte und mir nachsah.

Lisa tippt ein paar Zuckerkrümel mit dem Finger auf. Ich lasse sie sitzen und hole mir einen Cappuccino. Seitdem ein Automat ihn hier in der Kantine kocht, kann man ihn trinken. Während ich warte, dass der Kaffee durchläuft, sehe ich Lisa allein vor der großen Scheibe sitzen. Es gibt nichts, was ich ihr zu dieser Geschichte sagen werde, und sie will auch nichts dazu hören. Hinter ihr sehe ich die große Kugel des Fernsehturms, und ich stelle mir vor, wie uns ein japanischer Tourist die ganze Zeit durch eines der Fernrohre zugesehen hat. Was hat er gesehen?

Wir gehen in die Raucherecke vor der Tür; hier, eingehüllt in den kalten Rauch der anderen, erzählt sie mir das Ende. Es fand in einer Badewanne statt in einem der teuren Hotels in Visby. Die stand in der Mitte des Raumes, und Lisa hatte überall kleine Kerzen aufgestellt. Durch das Dachfenster konnte man in die Sterne sehen. Rainer lag mit dem Hinterkopf auf ihrer Brust, und sie erzählte ihm, dass das goldene Auto versichert war auch gegen Steinschlag.

Jenseits

Rerik war insofern anders, weil es oben eine kleine Stadt war und nur unten am Meer so tat wie ein Fischerdorf. Und weil ich glaubte, es von Kindestagen an zu kennen. Zuerst waren wir in Ahrenshoop gewesen und im Jahr darauf in Ahlbeck. Erst dann war ich bereit für Rerik. Ich hatte eine regelrechte Angst davor, Angst, die Erinnerung kaputtzumachen, die Vorstellung, die Illusion von Rerik, und ohne Anne wäre ich nie dorthin gefahren.

»Du musst jedes Jahr mit mir an die Ostsee fahren«, hatte Anne zu mir gesagt, bevor wir nach Berlin zogen. »Versprich es. Mindestens einmal im Jahr. Besser zweimal.« Das war am Hudson gewesen, der breit lag und ruhig.

Wir haben uns in New York kennengelernt. Eigentlich begann die ganze Rerikgeschichte dort. In Hells Kitchen. An der Ecke 49th Street, 9th Avenue. Hier hatte ich mein Zimmer, und im Juli 2005 war keiner meiner drei Mitbewohner in der Stadt. Das ist in den zwei Jahren, die ich dort lebte, nie wieder passiert. Ich hatte so einmal eine Woche lang die ganze Wohnung für mich. Drei kleine Zimmer und eine Diele, in der normalerweise Alex, ein Schweizer Student, auf dem Sofa hauste. Es war heiß auf eine tropische Art und es gab keine Klimaanlage. Ich hatte Anne aus Deutschland *Sansibar oder der letzte Grund* schicken lassen. Anne, die in Schwerin geboren war. Wir hatten so viel von der Ostsee gesprochen, und ich konnte mir nicht vorstellen, wie es war, wenn man dieses Buch nicht in der Schule gelesen hatte, so wie ich das in Recklinghausen getan hatte. Rerik, das war in meiner Kindheit einer der verwunschensten Orte überhaupt. Rerik, das lag im Osten und wir hatten keine Verwandten dort oder Freunde, wir schickten keine Pakete, und wenn von den Brüdern und Schwestern im Osten gesprochen wurde, hatten wir keine konkreten Gesichter vor uns.

»Ich war einmal in Rerik zelten«, hatte Anne gesagt. »Einmal zelten mit Freunden nach dem Abitur, und ich kann mich an rein gar nichts mehr erinnern. Nur dass der Zeltplatz oben lag, über der Steilküste irgendwo, und man runterlaufen musste ans Meer. Und wie Regine Albrecht meinen Schlafsack vollgekotzt hat in einer der Nächte.« Dann lachte sie und zog ihre Nase kraus dabei. »Eher an so was erinnere ich mich. Mit meinen Eltern bin ich immer auf die Insel Poel gefahren, die liegt ja gleich nebenan. Wir sind morgens in Schwerin los an den Strand und abends wieder nach Hause, und manchmal, an heißen Tagen, da kam man gar nicht rauf nach Poel. Da stand dann ein Polizist an der Straße und sagte: ›Alles voll‹, und wir mussten wieder umdrehen.«

Wir haben von Andersch gesprochen und von *Sansibar*, so wie man sich am Anfang einer jeden Liebe viele Geschichten erzählt. Manche dann immer wieder. Ich habe ihr erzählt vom Fischer Knudsen, der im »Dritten Reich« mit seinem abenteuergierigen Schiffsjungen eine Barlachfigur nach Schweden in Sicherheit bringen soll und auch noch eine Jüdin mitnimmt. Von Gregor, dem zweifelnden Kommunisten, und Helander, dem zweifelnden Pfarrer. Anne sagte: »Auch das haben sie uns dann wohl nicht lesen lassen. Dafür hasse ich sie heute noch, dass sie das konnten. So was.« Sie war damals für zwei Semester Designdozentin an der NYU und schon seit einem halben Jahr in New York. »Alfred Andersch. Darauf hätte ich jetzt Lust. Auf was Deutsches.« Sie sagte das so, wie man Lust hat auf Schwarzbrot, Kartoffelsalat oder Leberwurst und also besorgte ich das Buch.

Sie begann sofort zu lesen, auf dem schwarzen Sofa von Alex. Ich mochte sie sehr gern ansehen, wenn sie las und dabei eine ihrer leicht rötlichen Haarsträhnen um die Finger wickelte und völlig versank.

Aber dieses Mal hielt ich es neben ihr nicht aus. Ich hatte das Buch mit sechzehn Jahren so gemocht, dass es mir jetzt wie eine Prüfung erschien, als Anne es las. Ich ließ sie sitzen in dieser Hitze in der leeren Wohnung, durch deren Fenster kein Windzug kam, nur ein Dauerrauschen vom Verkehr auf der Neunten. Dann ging ich allein in den Central Park. Setzte mich mit einem Ice Coffee in den Schatten und sah den Kindern beim Baseballspielen zu. Ich dachte an meine Schule, einen orange-grauen Siebziger-Jahre-Flachbau, und wie wir hier über das Buch sprachen mit Herold, unserem Deutschlehrer. Und dass Anne es nun hier las in Manhattan in meiner leeren Wohnung, die normalerweise nie leer war, und nicht in ihrer kleinen Einzimmerparzelle drüben hinter dem East River in Williamsburg. Da hauste sie in einem winzigen Raum, der vollgestellt war mit kleinen Pappfiguren, die sie baute und bemalte für Illustrationen in deutschen und amerikanischen Zeitschriften. Auf den Schreibtisch, der fast den ganzen Raum füllte, legte sie am Abend ihre Matratze, die in einer Ecke stand. An der Wand hing ein Foto von ihr, auf dem sie wie ein Terrorist gekleidet war, mit schwarzen Klamotten, einer Skimütze, die nur ihre Augen frei ließ, und einem Holzgewehr in der Hand, aus dessen Lauf bunte Blumen in alle Richtungen schossen. Und über der Spüle in der winzigen Küche stand in ihrer Krakelschrift: »Och, wie oft noch muss ich Pinsel auswaschen?«

Als ich die Wohnung Richtung Central Park verließ und dachte, dass Anne immer New York im Kopf haben wird, wenn sie an dieses Buch denken wird, rief sie mir hinterher: »Sechs Türme. Ein Doppelturm und vier einzelne Türme, die Schiffe ihrer Kirchen weit unter sich lassend als rote Blöcke in das Blau der Ostsee eingelassen. Rerik fünf Kirchen? Ich lache. Dat is man nur son lütschen Dörp.«

Natürlich hatte man uns in Recklinghausen in der Schule auch erzählt, dass Andersch Wismar und Rerik verschmelzen ließ. Trotzdem war es in meiner Vorstellung immer eher ein Dorf geblieben. Bevor wir in Rerik ankamen, wusste ich auch schon, dass es bis 1938 Alt Gaarz hieß und ausgerechnet von den Nazis umgetauft wurde. Anderschs Geschichte spielte verwirrenderweise 1937. Anne und ich fuhren abwärts auf die See zu und man konnte den Ort schon von Weitem sehen, und das Salzhaff, das vor ihm lag, eingeschlossen von einer Halbinsel.

Das Abwärtsfahren, auf das Wasser zu, erinnerte mich an den Bodensee. Das Glitzern des Wassers in der tiefstehenden Nachmittagssonne. Dahin waren meine Eltern mit mir und meinem Bruder gefahren. Oder an die Nordsee nach Hooksiel und später nach Amrum und Sylt. An der Ostsee waren wir nie, aber soviel war in Westdeutschland davon ja auch nicht übrig.

Ich hatte, bevor Anne und ich das erste Mal dorthin gefahren sind, gesagt, dass ich nicht in so eine Ferienwohnung gehe mit Papptüren, Butzenscheiben und Möbeln aus Gelsenkirchener Barock. Sie trug an diesem Tag den Strohhut, den sie auch immer am Meer aufhat, und stieß die Hände in die Hüften: »Ich bin neurotisch nonkonformistisch, du Architektensnob. Das solltest du langsam wissen!« Und tatsächlich fand sie jedes Mal eine Unterkunft, die annehmbar war. Sie tat das auch aus Lokalpatriotismus, weil sie wollte, dass mir ihre Heimat gefiel. Bevor ich sie kennenlernte, war ich nie da oben gewesen. Ich kannte Rostock als Ort, in dem der Mob in einem Haus, auf dessen Fassade auch noch Sonnenblumen gemalt waren, Ausländer bei lebendigem Leib verbrennen wollte. Und das tagelang. Ich las von Rechtsradikalismus und von Arbeitslosigkeit. Aber mir gefiel natürlich Annes Ja-aber-Mentalität, mit der sie mich ans Meer schleppte, einen Strandkorb mietete und mich eine Woche lang am Ort hielt.

Sie hielt mich überhaupt. Wir hatten in Berlin sogar eine Wohnung zusammen bezogen und waren seit mehr als zwei Jahren ein Paar. Ich habe mein Leben lang Schwierigkeiten mit dem Bleiben gehabt, konnte nicht stillsitzen und abwarten. Aber mit Anne ging das, und in unserem Ostseeurlaub, in dem sie im Strandkorb saß und las, als ob sie dafür bezahlt wurde, ging ich joggen, Tretboot fahren oder lieh mir ein Fahrrad aus und kajohlte durch die Gegend, wie Anne das nannte.

Die Pension in Rerik war in Ordnung. Sie lag im unteren Teil, der obere war aber auch vor lauter Supermärkten und Reihenhäusern nicht der Rede wert. Das *Haus Möwe* war alt und einigermaßen sorgfältig renoviert. Es gab eine hölzerne Veranda, in der das Restaurant lag, und ich versprach über die Plastikeingangstür hinwegzusehen. Wir verbrachten die restlichen Sonnenstunden des Tages damit, im Strandkorb zu sitzen und auf das Wasser zu sehen, das in kleinen schaumgekrönten Wellen ans Land kam und sich gleich wieder zurückzog, so als wollte es uns locken. Für einen Moment erkannte ich auf der anderen Seite einen Streifen Land und ich stieß Anne, die an meiner Schulter lag, sanft in die Seite und schrie: »Da drüben: Vineta. Ich habe Vineta gesehen.« Anne knurrte: »Das is bloß Fehmarn, du Dösbattel. Das ist Westen. So nah war das.«

Wir hatten Glück mit der Vorsaison. Das Wetter war schön und der Ort noch nicht zu voll. Ich stand am ersten Morgen auf und lief hinunter ans Wasser. Während Anne schlief: »Wage es nicht, mich zu wecken!« Ich fiel sofort in meinen Laufschritt, mit dem ich jeden Tag begann, war schon unterwegs Richtung Osten, die Steilküste entlang und drehte dann doch, weil ich sehen wollte, was hinter Rerik lag. Welches Land das Salzhaff umschloss und es überhaupt erst zum Haff machte.

Aber ich kam nicht weit. Das Dorf lief aus, dort wo ein schmaler Streifen Land das Meer und das Achterwasser trennt. Die Reriker nennen ihn Flaschenhals, erfuhr ich später. Und dort, wo es wieder breiter wurde, war ein Zaun über das ganze Land gespannt, ein Stacheldrahtzaun mit einem Tor in der Mitte. Daneben ein weißer Container und eine Kamera, die den Zaun im Blick hatte. »Betreten strengstens verboten. Munitionsbelastetes Gebiet.« Auf der Stelle laufend, hielt ich vor dem Tor an, als ein Mann in einer blauen Uniform mit einem Hund an der Leine den Container verließ und auf ein Auto neben dem Zaun zusteuerte. »Was ist das hier?«, fragte ich ihn. »Verboten«, antwortete er. Unschlüssig stand er vor dem Pickup und sah mich an. »Ja, das kann ich selber lesen, aber warum?« Der Mann hatte ein kantiges, fleischiges Gesicht, und er wollte mir nicht antworten, das konnte man sehen. »Russen waren da. Die Freunde. 'n Truppenübungsplatz. Alles voll mit Granaten.«

»Die Russen?«, fragte ich. »Aber die sind doch lange weg.«

Er hatte das Tor aufgeschlossen und den Hund auf die Ladefläche springen lassen. Der knurrte leise und der Wachmann sagte zu mir: »Ped du di man dien Stieg.«

Und dann fuhr er an mir vorbei, verschloss das Tor auf der anderen Seite sorgfältig wieder und fuhr davon, in einen Wald, aus dessen Gewirr von Bäumen, Brombeerhecken und riesigen Hagebuttensträuchern nur eine Laterne herausragte. »Eine Peitschenlampe«, dachte ich und lief wieder zurück.

»Ach hören Sie auf, Mönsch«, sagte der Kellner, der uns im Frühstücksraum der *Möwe* bediente. Seine tuntige Aussprache wurde durch seinen mecklenburgischen Akzent, diese Eigenart, die Worte im Mund hin- und herzuschieben wie eine heiße Kartoffel, noch lustiger. »Ach hören Sie auf, Mönsch«, das sagte er dauernd und besonders dann, wenn er es nicht meinte.

»Der Iwan, der hat da gesessen bis 1993 und vor sich hingeballert. Das ist wohl wahr. Aber nun geht das inzwischen um ganz andere Dinge. Sagt ihnen Heiligendamm was? Der Ort gekauft und so 'n schniekes Grandhotel draus gemacht. Davon träumen die wohl in Wustrow auch.«

Er stand neben uns. Hoch aufgeschossen, wie er war, und schon in sehr jungen Jahren mit sehr wenigen Haaren. Eine Serviette lag über seinem Arm, und er sah einem nie richtig in die Augen, wenn er sprach.

»Gekauft ist die Insel und nun geht das: Wir gegen die. Denn nur der Flaschenhals führt nach Wustrow und wenn die da ein Feriendorf hinstellen dann knattern uns die Autos hier alle durch das Dorf. Will hier natürlich keiner. Die sind aber auch stur und haben eben ihren Zaun gezogen. Ach hören Sie auf, Mönsch.«

Anne schob mich nach dem Frühstück aus der Pension. Ich war auf den Strand vorbereitet und schon halb die Treppe hochgesprungen, um die Badesachen zu holen. »Komm mal«, sagte sie. »Ick will di ma wat vertellen.« Sie hängte sich in meinem Arm und wir spazierten durch das Dorf. »Wusstest du das mit den Russen?«, fragte ich. »Nein«, sagte sie. »Aber wo die nicht überall saßen. Die hast du nie gesehen. Immer waren die hinter Mauern.« Wir standen vor der Kirche mit ihrem dicken Turm mit Bischofsmütze. »Diese eine kleine Kirche nur, die eine«, sagte ich kopfschüttelnd und Anne schob mich auf den Friedhof. »Wir müssen uns um einen Namen kümmern«, sagte sie. »Lass uns mal auf die alten Steine gucken, nach einem schönen Fischernamen oder nach dem seiner Gattin.« Ich ließ mich auf eine Bank fallen und sie stand vor mir in der Vormittagssonne und grinste.

»Soll das heißen, du bist …«

»Ich glaub schon.«

»Bist du sicher?«

»Nein, aber zehn Tage überfällig, und wenn irgendetwas an mir pünktlich ist, dann ist es das.«

»Rerik, Rerik«, sagte ich. »Und das alles unter dieser falschen Kirche.«

Am Abend saßen wir im Restaurant der *Möwe*. Ich hatte nicht gewusst, dass mich diese Nachricht so freuen würde. Drei Gläser Wein hatte ich schon getrunken und Anne saß immer noch vor einem 0,1-Glas und das war nicht mal zur Hälfte leer. Trotzdem hatte sie die roten Wangen und nicht ich.

Und dann betrat der alte Mann den Raum, der, den wir auf dem Friedhof verscheucht hatten. Es gab keinen schönen Namen auf den Steinen, nur Günthers, Annelieses und Waldemare. Aber der Mann, der jetzt fast schüchtern das Restaurant betrat, bekleidet mit einer Jeans, Oberhemd und einem grauen Sakko, hatte auf dem Friedhof vor einem Stein gestanden. Als wir uns ihm näherten, wandte er sich ab und verließ den Friedhof. Auf dem Stein stand: REPUBBLICA ITALIANA A PERENNE MEMORIA DI CADUTI ITALIANI CHE QUI RIPOSANO – ZUM STETEN GEDENKEN AN IHRE HIER RUHENDEN GEFALLENEN

»Nun wird ja wohl der Hund in der Pfanne verrückt«, sagte Anne. »Russen, Italiener. Was denn noch alles?« Wir beschlossen, am nächsten Morgen »Ach hören Sie auf, Mönsch« zu fragen.

Aber als der Mann vom Friedhof den Raum betrat und sich schüchtern umsah, weil kein Platz mehr frei

173

war, sprang ich auf und die drei Gläser Wein halfen mir sicher dabei. Ich winkte ihm zu und sagte: »Setzen sie sich doch bitte zu uns.«

Was er tat, wenn auch etwas zögerlich. Und weil mir das dann doch alles ein wenig peinlich war, setzte ich hinzu: »Ich werde nämlich Vater, müssen sie wissen.«

»Du wirst vielleicht Vater.« Anne zog eine Schnute und trat mir unter dem Tisch gegen das Schienbein. »Und außerdem sollst du das noch nicht der ganzen Welt erzählen. Es ist ja noch nichts sicher.«

Der Mann hatte die Hände vor dem Gesicht gefaltet: »Bei mir ist die Information in Sicherheit. Ich werde schweigen.«

»Siehst du«, sagte ich und fragte, ob wir ihn zu einem Glas Wein einladen dürften.

»Das ist alles, was ich möchte«, sagte er. »Gegessen habe ich schon.«

Die Kellnerin brachte ein weiteres Glas von dem Riesling und schon beim Anstoßen sagte ich: »Sie müssen uns von dem Grabstein erzählen. Welche Italiener sind hier gefallen?«

Er hatte ein merkwürdig feines, fast jungenhaftes Gesicht und sagte: »Sie gehen aber ran.« Dann stand er auf und sagte in Annes Richtung: »Benthin, Peter Benthin ist mein Name.« Auch wir stellten uns ihm vor.

»Sie haben mir ja auch schon ein Geheimnis verraten. Und so will ich ihnen denn eines dafür zurückgeben.« Er nippte an seinem Wein und verschluckte sich. Hustend fing er sich nur langsam wieder und sagte: »Sie sehen, es fällt mir nicht leicht. Wein trinken und Geheimnisse verraten. Beides bin ich nicht gewohnt.« Er machte eine kurze Pause, drehte das Glas in den Händen und nickte uns beiden zu.

»Haben Sie unten den Zaun gesehen? Hinter dem Flaschenhals?«

»Habe ich, heute früh beim Joggen. Wird bewacht. Die Russen waren da. Hatten einen Truppenübungsplatz.«

»Ja, das ist wahr. Ab 1945 waren da die Russen. Aber davor war da die Wehrmacht. Schon kurz nach der Machtübernahme haben sie da die größte Flak-Schule des Reiches gegründet. Eine richtige Stadt mit tausenden Soldaten wurde gebaut auf Wustrow, wo vorher nur ein paar Bauern hausten, und zusammengelegt mit Alt Gaartz wurde Rerik daraus. 1938. Da wurde soviel geschossen. Ich kann Ihnen sagen, in manchen Nächten war der Himmel über der Ostsee so voller Geschosse und Raketen, die zogen silberne Bahnen, da ist das Silvesterfeuerwerk von Osnabrück gar nichts dagegen.«

Wir sahen ihn verwundert an.

»Osnabrück, da lebe ich nun«, sagte er, so als würde das etwas erklären.

»Aber 1933? Das können Sie doch noch gar nicht erlebt haben. So alt sehen sie nicht aus«, sagte Anne wie eine aufmerksame Schülerin, und ich wusste auch, dass sie das sagte, um Benthin zu schmeicheln. So gut kannte ich sie inzwischen. Die Schmeichelei wirkte, das konnte man an seinem Gesichtsausdruck sehen.

»Das stimmt. Tatsächlich bin ich erst im Jahre 1939 geboren.«

»Und die Italiener?«, fragte ich.

»Ich hoffe, Sie sind nicht so ungeduldig mit Ihrem Kind«, sagte Benthin und Anne trat mich wieder, obwohl diesmal er das Baby erwähnt hatte und nicht ich.

»Meine Mutter arbeitete hier in einer der Pensionen, seit 1935. Sie war aus Stettin hierher gekommen. Ihre ältere Schwester lebte auch in Rerik. Es gefiel ihr und sie war jung und beliebt. Sie ging zu den verschiedenen Tanzveranstaltungen, die es hier gab im Hotel Piel und anderswo, und nun ja, so bin ich dann entstanden.«

Er trank sehr langsam von seinem Wein.

»Sie ist schwanger geworden von einem der Soldaten oder Offiziere. Genauer weiß ich es nicht. Sie sagte immer, dass es ein Offizier gewesen ist und ein Italiener. Die schickten nämlich ihre Soldaten hierher zur Ausbildung. Auch Mussolini ließ sich hier von Hitler rumführen in diesen Jahren. Und einmal, 1943, sind italienische Soldaten getroffen worden von einer englischen Fliegerbombe. Mein Vater kann gar nicht darunter gewesen sein und der Grabstein ist auch erst nach dem Mauerfall aufgestellt worden, wie mir der Pfarrer sagte. Aber Sie beide haben mich in einem sentimentalen Moment ertappt heute Vormittag. Obwohl ich fast nichts weiß über meinen

Vater, hat es mich doch sehr angerührt, den Gedenkstein zu sehen. Ich habe mich ihm plötzlich sehr nah gefühlt.«

Ich lief am nächsten Morgen auf den Zaun am Flaschenhals zu. Rannte an ihm entlang, winkte dem Wachmann, der wieder seinen Hund auf den Wagen lud und mich verständnislos ansah, und dann bog ich ab, entlang der aufsteigenden Steilküste, Richtung Osten, weiter vorbei an Rerik. Ich mochte es, wenn früh am Morgen der Strand leer war und der Sand noch feucht vom Tau. Ein paar morgendliche Läufer und die Möwen, die inspizierten, was das Meer in der Nacht hergegeben hatte.

Als ich zurückkam, saß Peter Benthin auf der roten Bank vor der Pension und beschirmte seinen Blick mit der flachen Hand. Er sah Richtung Wustrow und begrüßte mich.

»Wissen Sie, alles, an was ich mich erinnere, ist nicht mehr da oder es ist viel kleiner geworden. Und mein halbes Leben fand damals auf Wustrow statt. Besonders nach dem Krieg, aber der Stiesel am Tor lässt mich nicht rein.«

Ich ließ mich schnaufend neben ihn fallen. Man konnte ein Stück des Zaunes sehen, der erst in der offenen See endete.

»Die Wehrmacht hat damals solche großen Luftsäcke an einem langen Seil hinter den Fliegern hergezogen. Da wurde dann drauf geschossen und manch einer von denen ging verloren. Und wenn wir

Kinder die fanden, dann gab es dafür fünf Mark. Das war viel Geld damals. Einmal habe ich oben am Wald einen ganz allein gefunden und ihn mir unter die Jacke geplünnt. Und meine Mutter ist dann rüber mit mir, und ich hab die fünf Mark gekriegt. Stolz wie Oskar war ich.«

Wir sahen beide Richtung Wustrow. Nichts war zu erkennen dort außer Bäumen und der einen Laterne am Anfang. »Der lässt mich nicht rüber, der Stiesel am Tor«, sagte Benthin wieder. »Zu gern würde ich noch einmal da hin. Hab ihm sogar Geld geboten. Aber nichts zu machen.«

»Und rüberklettern?«

»Der Zaun wird doch bewacht, sogar mit einer Kamera.«

»Also wenn das stimmt, was der Kellner erzählt, dass man eine ganze Weile nach dem Abzug der Russen dort spazieren gehen konnte, sollte da ja keine Gefahr mehr lauern.«

Benthin sah mich erwartungsvoll an.

»Wie sehr würden Sie sich in so eine Arbeit knien? Einen Zaun zu bewachen, über den eigentlich keiner will? Außerdem war ich heute und gestern dort jeweils um halb neun. Und da ist der Wachmann immer mit seinem Hund auf die Halbinsel gefahren. Offensichtlich auf Patrouille.«

»Und die Kamera?«

»Angenommen, Sie würden da sitzen jeden Tag und jeden Tag die Kontrollfahrt machen. Und jeden Tag davon zurückkommen. Würden Sie dann das

Band zurücklaufen lassen, um vielleicht irgendwann ein Kaninchen durch den Zaun kriechen zu sehen?«

»Ich bin so lange nicht mehr über Zäune geklettert. Ich weiß nicht.«

»Nun geben Sie sich mal einen Ruck. Sie haben die ganze weite Reise von Osnabrück gemacht und ohne Wustrow war das doch nur die Hälfte wert. Ich komm auch mit.«

»Im Ernst?«

»Sehr gern sogar. Lassen Sie uns das heute Abend bei einem Glas Wein ausbaldowern.«

Am nächsten Morgen saßen wir in einem der gelben Strandkörbe, den wir Richtung Wustrow gedreht hatten. Peter Benthin trug meinen grauen Trainingsanzug und dazu seine schwarzen, blankgewienerten Schuhe. Auf dem Kopf den Strohhut von Anne. Wer ihn betrachtete, dem musste er sehr merkwürdig erscheinen und wirklich sehr auffällig. Aber es sah uns ja außer ein paar Joggern niemand.

»Ich habe ein bisschen Angst um dich«, hatte Anne gesagt am Abend davor in unserem Zimmer. »Das hast du noch nie gehabt«, sagte ich.

»Woher willst du das wissen?«

»Ja, woher«, antwortete ich und sah sie an, wie sie nackt in dem kleinen Zimmer mit reproduzierten Biedermeiermöbeln stand.

»Man sieht noch gar nichts«, sagte ich und deutete auf die sanfte Wölbung ihres Bauches. Die, die immer da war. Sie blickte an sich hinunter und sagte: »Was glaubst du denn?«

Daran musste ich denken, als der Wachmann pünktlich durch das Tor fuhr, es wieder verschloss und verschwand wie die Tage davor. Wir rannten los, so wie es abgesprochen war. Der Morgen war feucht, es nieselte leicht und wir liefen durch die hüfthohen Büsche auf den Zaun zu. Ich machte mit meinen Händen eine Räuberleiter. Benthin trat hinein, ich hob ihn hoch und fast flog er über den Zaun. Kaum hatte er die andere Seite erreicht, lief er schon wieder, behände und etwas gebückt. Die siebzig Jahre waren ihm nicht anzumerken. Ich folgte ihm. Nach wenigen Schritten nahm uns der Wald auf, der Regen wurde stärker und nach ein paar Metern kam das erste Haus. Die Tür stand offen und wir liefen hinein.

Ein leerer Raum, die Fenster zerschlagen. Davor ein Dickicht aus Bäumen und Sträuchern. Absolut wild gewachsen.

Benthin stand an die Wand gelehnt und wedelte sich mit dem Hut Luft zu. »Tessenow«, sagte er. »Die ganze Soldatenstadt ist nach seinen Entwürfen gebaut.«

»Heinrich Tessenow. Den kenn ich. Konservativer Reformer. Aber ich habe nie gehört, dass der das hier gebaut hat. Für die Wehrmacht?«

Wir warteten eine Weile. Es war dunkel, durch den verhangenen Himmel und durch den Wald, der fast in die Häuser hineinwuchs. Aber man konnte trotzdem noch die Struktur erkennen. Straßen und Wege, an denen zwei- bis dreigeschossige Häuser standen, die einmal weiß gewesen waren.

»Das da vorn war, glaube ich, die Richthofenstraße.« Peter Benthin wirkte wesentlich mutiger und aufrechter als noch vorher am Strand. Wir trauten uns im Schutz der Bäume hinaus. Die Häuser trugen alle Vandalismusspuren. Scheiben waren zerschlagen, manche Fenster baumelten in den Angeln. Die Wände mit kyrillischen Buchstaben beschmiert. Auf einer Wand waren die gemalten Köpfe dreier Sowjetsoldaten. Ein Matrose, ein Flieger, ein Soldat. Alle drei guckten zur Seite und das Rot der Lippen und das Blau der Matrosenmütze auf diesem Propagandafries leuchteten fast surreal im Grau und Braun des Raumes. Es roch nach Schimmel, und draußen zwischen den Häusern war eine einzige Orgie aus verschiedenen Grüntönen von feuchtnassen Blättern. Birken, Robinien, riesige Farne. Wir liefen durch ein Schulzimmer mit einer aufgeklappten Tafel, und es gab ein Krankenhaus mit Operationssaal und hellblauen Fliesen an den Wänden.

Ich war begeistert. Eine richtige kleine Stadt, wie in einem meiner Kinderbücher. Ein Ort im Regenwald, verlassen von Bewohnern und Missionaren. Völlig überwuchert von der Natur. Nur dass wir nicht am Amazonas standen, sondern in Mecklenburg. 500 Meter entfernt von der nächsten Ortschaft.

Ich bestaunte die vielen kyrillischen Buchstaben,

die wir nicht lesen konnten, und wunderte mich darüber, dass die Klobecken von einem Quader aus Beton umgossen waren. Bis hoch zum Rand. »Warum haben die Russen das gemacht?«, fragte ich. Ohne mich anzusehen, sagte Benthin fast tonlos: »Manche Völker verrichten ihre Notdurft lieber im Hocken als im Sitzen.« Sein Blick schweifte rastlos umher. Es war, als hätte er etwas eingenommen, eine Droge, die ihn klar denken ließ, viel klarer als mich.

Ich war berauscht von dem Gedanken, dass wir völlig allein waren auf der Halbinsel, dass nur der Wachmann irgendwo hier rumfuhr und wir geschützt wurden durch den Stacheldrahtzaun am Flaschenhals. Wir sahen ein Kino mit einem riesigen Saal, dessen Dach an einer Stelle durchbrochen war. Das Licht fiel dort durch wie auf einem Ölgemälde. Dann eine Sporthalle, in der noch ein Bock zum Springen stand und wo das Parkett durch die eindringende Feuchtigkeit Wellenformen angenommen hatte.

Wir liefen immer weiter, und plötzlich endete die Siedlung. Die Sonne war herausgekommen. Jetzt trauten wir uns auch, in der Mitte einer Pappelallee zu laufen und es sah aus wie irgendwo. Kopfsteinpflaster, blühende Obstbäume und am Ende, da wo die Straße einen Bogen machte, das Meer in einem weichen, hellen Blau. Benthin war schweigsam, ging neben mir und mit sich allein. Plötzlich lief er los. »Da ist es«, sagte er und rannte von der Allee hinunter rein in die Wiese, die sich von Büschen durchwachsen bis zum Meer zog. Er hatte Annes

Strohhut in der Hand, und ich hatte Mühe, ihm zu folgen.

Da stand eine flache Holzhütte. Sehr einfach und klein, mit einer schmalen Terrasse. Alles mit Schwedenrot bemalt. Benthin stand vor mir an die Hütte gelehnt und sah zufrieden aus. Ich folgte seinem Blick über eine wilde Wiese, die nach zwei-, dreihundert Metern abfiel zum Meer.

»Sagt ihn Randow etwas? Werner Randow?«

»Der Künstler? Ja, sicher. Ich komme ja aus NRW und Randow lebt in Düsseldorf. Aber den kennt man doch überall. Die Nagelbilder.«

»Genau der«, sagte Benthin. Er zog ein paar Butterbrote, eingewickelt in eine Papierserviette, aus der Tasche und reichte mir eines. Ich biss hinein und das erinnerte mich an meine Kindheit, an die Schulbrote oder wenn ich mit meinem Vater ins Münsterland fuhr zum Jagen und wir schweigend auf dem Hochsitz saßen. Dann gab es auch immer solche Brote.

»Randow kommt hierher. Von Wustrow. Sein Vater war Bauer hier und hat im Krieg auch für die Wehrmacht gearbeitet.«

»Das wusste ich gar nicht. Der war für mich immer ein westdeutscher Künstler. Ich habe bei Randow nie an den Osten gedacht. Aber wieso darf er hier sein? Ich denke, das ist alles Sperrgebiet.«

»Er hat einen Schlüssel für das Tor und eine Sondergenehmigung vom Bundespräsidenten.«

Ich musste lachen. »Vom Präsidenten? Das ist ja ein äußerst royaler Zug.«

»Ja, aber es gibt Ärger mit der lokalen Verwaltung. Sie gönnen ihm das nicht. Er soll hier wieder verschwinden. Randow kommt seit ein paar Jahren hierher. Hat sich die Hütte gebaut. Ich habe das in einem Interview gelesen vor ein paar Monaten. Er hat von seiner Verbindung gesprochen zu diesem Flecken Erde, von der Sehnsucht, dem Meer und der Gewalt des Ortes. Was das für ihn bedeutet. Seitdem ich das gelesen habe, wollte ich auch noch einmal hierher. Es hat mich nicht losgelassen.«

Ich versuchte mir das vorzustellen. Wie ich im Rheinland in ein Auto stiege und dann bis hierher führe, bis nach Rerik. Dann einen Schlüssel aus der Tasche ziehe, das Tor öffne und bis zu der Hütte fahre, vorbei an den bizarren ehemaligen Wehrmachts- und Russenkasernen. Und wie dann die Sonne untergeht, und ich hier sitzen würde in der Holzhütte mit dem sicheren Wissen, absolut allein zu sein. Nur das Meer zu hören und ein paar Vögel. Der Gedanke war so schön, dass man darüber verrückt werden könnte.

Ich kannte Randows Arbeiten. Die genagelten Bilder, die Aschemenschen als Reaktion auf Tschernobyl, ein paar Installationen. Ich erinnerte mich an ein Foto, das ihn zeigt, wie er mit einem Kamel in die Hochschule einritt, die ihn gerade zum Professor ernannt hatte. Das wurde bei uns zu Hause am Frühstückstisch diskutiert. »Übertrieben« fand mein Vater das. Besonders die Nagelbilder kamen mir sofort in den Sinn, in ihrer merkwürdigen, brutalen Schönheit und handwerklichen Präzision.

»Randow arbeitet mit Sand, Steinen und Nägeln. Neben der Farbe natürlich«, sagte Benthin. »Er ist immer auch hier geblieben. Das hier ist ein Teil von ihm.«

Langsam liefen wir durch die Wiese vor zum Meer. Ich fasste Benthin um die Schulter, und er ließ sich in den Arm nehmen. Wir setzten uns an den Strand. Ich sah Rerik in der Ferne, mit der für mich völlig falschen Silhouette des einen kleinen Kirchturms. Wir vergaßen einfach, dass uns so am Strand der Wachmann sehen könnte, wenn er denn wollte.

»Kennen Sie denn den Randow? Von früher, meine ich. Also hier von Wustrow?«

»Die Cap Arkona verbindet uns.«

»Das ist doch auf Rügen. Da steht doch ein Leuchtturm von Schinkel.«

»Nein, ich meine das Schiff. Haben Sie nie davon gehört?«

Benthin wirkte ganz ruhig. Er hatte seine Fahrigkeit verloren, die ihn vor dem Tor umgeben hatte, und auch seine Schüchternheit war gewichen.

»Nein, ich kenne kein Schiff, das Cap Arkona heißt.«

»Das war die größte Schiffskatastrophe der Welt. Mit tausenden Toten. Hier, ein paar Kilometer weiter westlich. Bei Neustadt, am anderen Ende der Mecklenburger Bucht.«

»Ich dachte, die Titanic wäre das größte Schiffsunglück gewesen.«

»Nein, aber die Cap Arkona hat einmal die Titanic

gespielt, in einem Film der Nazis. Da ist sie schon einmal untergegangen, Anfang der Vierziger. Die Cap Arkona war ein Luxusschiff in den zwanziger und dreißiger Jahren und später dann ein grau gestrichener Truppentransporter. Ganz am Ende des Krieges hat die SS in ihrem nicht enden wollenden Wahn im Mai 1945 die KZ-Häftlinge aus Neuengamme draufgetrieben. Viertausend Menschen, fast verhungert und krank, und dann unter Deck gepfercht. Und es gab noch zwei andere Schiffe mit noch mal zweitausend Häftlingen, die auch in der Bucht vor Anker lagen.«

Benthin sah auf das Wasser und schwieg eine Weile.

»Am 3. Mai kam ein Geschwader der Engländer. Niemand weiß bis heute, wie genau das passieren konnte, aber die Engländer dachten wohl, dass das ein Truppentransporter sei. Die Häftlinge mussten ja unter Deck bleiben und man sah nur SS und Volkssturm an Bord. Die Royal Airforce bombardierte die Schiffe, die in sehr kurzer Zeit sanken. Wassertemperatur acht Grad. Die SS rettete nur ihre Leute, und bis an das Ufer zu schwimmen war bei der Temperatur unmöglich. Die Menschen ertranken fast alle. Ein paar Tage vor Kriegsende.«

»Und Sie und Randow?«

»Ich war viel allein zu dieser Zeit. Hier endete der Krieg am 2. Mai. Die Flak-Schule auf Wustrow wurde den Russen kampflos übergeben. Meine Mutter arbeitete in dem Sommer in einer Art Großküche, und ich trieb mich viel alleine rum. Kurt, das war ein Cousin von mir, der war zehn Jahre älter, der sollte auf mich aufpassen. Meine Mutter hatte eine wahnsinnige Angst vor den Russen.«

»Ist ihr denn was passiert?«

»Sie meinen Vergewaltigung? Das weiß ich bis heute nicht. Im Juni trieb es dann diese Toten ans Land. Nicht nur hier in Wustrow, überall in der Mecklenburger Bucht. Dutzende Wasserleichen von der Cap Arkona und den anderen Schiffen lagen am Strand in der Sonne. Niemand hat sich darum gekümmert und an einem strahlenden Tag haben die Russen Kurt und ein paar Freunde gezwungen, diese armen Menschen zu begraben. Die hatten wochenlang im Wasser gelegen und dann noch ein paar Tage in der Sonne. Können Sie sich vorstellen, wie die aussahen? Wie das roch?«

»Nein, das kann ich nicht.« Mir kamen nur Wörter in den Sinn. Wörter wie: aufgedunsen, aufgequollen, geplatzt oder verfault. Aber ich konnte mir einen Strand, der voll lag mit Toten, tatsächlich nicht vorstellen.

»Es stank bestialisch. Die Leichen waren von Maden befallen. Es war …«

Benthin hörte in der Suche nach einem Wort auf zu sprechen. Sein Blick hing am Horizont, da wo Meer und Himmel zusammentrafen mit fast dem gleichen Blau.

»Randow war einer der Jungen. Er war eher lang und dünn und nicht so ein Brocken, wie er das später wurde. Sie waren sechzehn Jahre alt, und ich stand erst kurz vor meinem sechsten Geburtstag. Einer der Russen hatte mich gepackt, und während die großen Jungen die Leichen über den Strand zogen und vergraben mussten, hielt er mich auf seinem Schoß. So wie man eine kleine Katze trägt, die eigentlich fort will. Er hielt mich mit seiner großen Hand um die Brust und redete mit leiser Stimme russisch auf mich ein. Ich hatte das Gefühl, mein Herz schlägt gegen die Rippen und er kann es spüren. Vielleicht habe ich ihn an seinen Sohn erinnert, vielleicht an seinen Bruder. Ich kann mich nur an den Gestank der Toten erinnern und an die Angst, die ich hatte vor dem Russen, vor diesem Mann in brauner Uniform mit einem rasierten Schädel unter der Mütze.«

»Und dann?«

»Irgendwann ließ er mich laufen und ich habe mich verkrochen in der Küche, in der meine Mutter arbeitete. Ich erinnere mich, wie mich der Dampf umschloss und wie ich unter einem der Tische saß. Erzählt habe ich ihr nichts davon. Nie.«

Die Sonne stand inzwischen hoch am Himmel. Es war jetzt absolut gespenstisch, so völlig allein an diesem Strand zu sein. Peter Benthin zog seine schwarzen Schuhe aus und legte seine Socken ordentlich hinein.

»Wissen Sie, ich war neulich in Berlin im Reichstag. Der Randow hat dort die Kapelle gestaltet. Ein schlichter Raum, und er hat mehrere hohe Tafeln an die Wände gestellt. Einige mit Sand beschichtet und die Leinwand von Steinen durchbrochen. Und auf einer anderen ein genageltes Kreuz, das aussieht wie ein fliegender Vogel oder eben als würde sich das Kreuz auflösen. Ich blieb dort allein sitzen und es wurde still um mich. Nach einer Weile kam eine Schulklasse hinein und verteilte sich auf den Stühlen. Vielleicht acht Jahre waren die alt. Die Führerin fragte, ob sich die Kinder vorstellen könnten, was die Politiker hier tun würden. Erst war es still und dann sagte ein Mädchen zögernd: ›Vielleicht beten? Für die Toten vom Krieg.‹ Es war ein kleines Mädchen, das keine Ahnung hatte, was es da sagte, und ich habe mich gefragt, ob dieser Tag damals noch immer in den Bildern zu sehen ist?«

Benthin stand auf und ging vor zum Wasser. Er krempelte meine Jogginghose hoch und ging ein Stück hinein. Ich folgte ihm. Er sah mich an und fragte: »Würden Sie mir einen Gefallen tun? Ich kann mich nicht erinnern, dass ich hier mal jemanden habe baden sehen. Wissen Sie, einfach so schwimmen. Selber habe ich das leider nie gelernt. Würden sie einfach einmal für mich rausschwimmen?«

Ich zog mich aus und ging ins Wasser. Es war kalt. Doch ich blieb nicht stehen, sondern ging, bis es mir zur Hüfte stand, und sprang hinein. Ich tauchte lange und begann dann zu kraulen, bis ich außer Atem war und mir die Kälte des Wassers nicht mehr auf der Haut brannte. Ich dachte an das Kind, das da in Anne wuchs, und daran, dass es mein Rerik aus dem Andersch-Buch immer noch gab. Eigentlich völlig unverändert. Aber dass da jetzt noch ein anderes Rerik für mich war und eine Geschichte, die ich nie vergessen werde. Und dass ich dem Kind davon erzählen möchte. Später, viel später einmal.

Der Autor dankt dem Deutschen Literaturfonds e.V.
für die Unterstützung seiner Arbeit.

Bibliografische Information der Deutschen Nationalbibliothek

Die Deutsche Nationalbibliothek verzeichnet diese
Publikation in der Deutschen Nationalbibliografie;
detaillierte bibliografische Daten sind im Internet
über http://dnb.d-nb.de abrufbar.

2. Auflage
© Wallstein Verlag, Göttingen 2011
www.wallstein-verlag.de

Vom Verlag gesetzt aus der Stempel Garamond
Umschlaggestaltung: Susanne Gerhards, Düsseldorf
Foto: @ Oliver Seidel; Fotolia
Druck: Hubert & Co, Göttingen
ISBN 978-3-8353-0843-5